妻に先立たれた男の、子育て・母の介護

―磨き合ってこそ愛・性愛論

第一章　男の、子育て日記

第一章と第二章は島原市議会議員時代（二期、昨年二〇一五年六月までの八年間）に毎月発行した「月刊凡々《げっかんぼんぼん》（わたしの市政だより）」（毎月三千部印刷）に連載したものである。各項目の通し番号は「月刊凡々」への掲載順を示している。文末には掲載号数を付した。

一　食事①

二十年前（一九八七〈昭和六二〉年九月）、妻の葬儀の日、挨拶に立った私は、ぼろぼろと涙をこぼし、声をふるわせ、やっとのことで言葉をつなげていた。しかし翌日からの生活は、悲しみのうちに沈みこんでいる余裕を与えてはくれなかった。

この先何年続くか分からない家事、子育ての期間を想像すると、本当に気が遠くなりそうだった。しかし、まず「今日、親子とも食わねばならない」、その現実が目前にあった。口先では男女平等を唱えながら、実生活では食事作りをサボってきた。週一回の「当番日」以外は、すっかり妻に任せてきた私に、「天罰」が下ったのかもしれない。

私のレパートリーには、カレーライスしかなかった。妻の看護のラスト数か月は、ほとんど出来合のおかず（納豆、漬物、コロッケ、揚げ物、ソーセージ、缶詰など）に頼ってきた（その頃のスーパーなどのお惣菜コーナーはまだそれほど充実していなかったようだ）。子供たちにすまないとは思ったが、時間的にどうしようもなかった。

当時、京都府の亀岡市に住み、私は滋賀県の大津市に高校生対象の、小さな学習塾を開いていた。通勤は国鉄（ＪＲ）で往復三時間（後には約二時間半）を要した。妻が最後の五十日を過ごした京都日赤病院へは、さらに乗り換えが必要で、ちょうど夏休み中だった子供たちにも定期を買ってやり、私たちは毎日病院へ通った。私は午前中、彼らはサッカー部活後の午後に。関西に親戚などはなかった。

有難いことに、葬儀後、町内の方々や妻の友人たちから、食事の差し入れが相次いだ。皆さんで当番表を作り、交代で届けて下さっていると思えるところもあった。年末近くになって、やっと私は思いを定めた。

「こんな生活を続けていたら、私も子供たちも依存人間になってしまう。ここらでキッパリお断りしなくては」と。

そこで「おせち料理を、全部自分たちで作ろう」と子供たち（兄は中二、弟は小六）に提案すると、むしろ二人とも面白がって賛成してくれた。

　お料理の本を参考に、兄（きんぴら、ごまめ）、弟（きんとん、焼き魚）、私（黒豆、雑煮）と分担した。ニンジン、イモ、マメといった材料の買出しから、調理、重箱への盛り付けまで責任を持つこと、ただし、お味にはお互い文句は言わないこと、と三人で誓い合った。

　暮れの三十日、皆で買物に繰り出し、夕方から、「甘い」「からい」などと大騒ぎ、大笑いをしながら作っていった。きんとんなど、重箱に詰める前にかなり消えていた。黒豆も、ふっくらおいしく出来上がり、私は大得意だったが、実は圧力鍋料理ブックにはさんであった妻のメモ用紙に従っただけだった（正確に言えば、黒豆は一昼夜つけ汁に浸すので、完成は翌日）。

　さて、おせち料理を三十日に大部分仕上げた裏には、「作戦」があった。翌三十一日の大晦日、予想通り（一応お断りしておいたのに）三軒から、おせちの差し入れがあった。

「ソレ行くぞ！」とばかり、その三軒へのお返しに、（妻より直伝の）ゼリーケーキを作った。そしてその表面にチューブ入りチョコで、相手のお名前やお礼を書き、「新年からは、食事作りも自立するつもりです」というメッセージを添えてお届けした。

　翌年から食事の差し入れは激減したが、私のレパートリーも、カレーライスから、肉じゃが、八宝菜、おでん、焼き魚、ロールキャベツ、すき焼き……と広がっていった。

　しかし、食事作りは楽しいが、あまりにも時間がかかりすぎる。私は次第にいらいらし始めた。そしてやがて、実に簡単な解決法に思い当たった（平成一九年八月号）。

二　食事②

食事作りに時間がかかりすぎ、いらいらし始めた私だったが、やがて実に簡単な解決法に思い当たった。「子供たちと分担すればよい」のである。

早速、二人に、「週一回だけ（兄一回、弟一回）夕食当番を頼む。買物から調理まで一切任せるから自由にやってくれ。出来具合については、絶対文句を言わない」と持ちかけると、おせち料理成功時の「高揚感」もまだ残っていたせいか、スンナリ受け入れてくれた。おかげで時間的にも精神的にも、一息つくことが出来た。

いつも快活で要領のよい兄は、たちまち、スパゲティ（調理簡単）と寿司（調理簡単、寿司のモトを米飯に混ぜるだけ）を得意技とし、自分で「ウマイウマイ」と言って食べた。それを聞いて、私は「シメタ」と思ったものだった。

弟はやや無口で、父とまともに話すことも苦手の方だったが、ここに至って隠れた才能を発揮し、食材の吟味からこだわり、中華系に腕を振るってくれた。また時には、ハンバーグを、素材のひき肉をこねるところから手がけて作り上げ、私たちをうならせたりした。

しかし、毎朝の弁当作りは私が覚悟して、引き受けなければならなかった。と言っても、卵焼きかスクランブルエッグ（いり卵）に、リンゴ、ナシ、キウィなどの果物を添え、あとは既製品のおかずの組合せが定番だった。私は、もしかすると、クラスメートの母親愛情弁当と比べられたりするのではあるまいか、と時々彼らが気の毒でならなかった。だから部活の試合時などの「特弁」には、フタを開けたとき楽しいように、パインやサクランボなどで、ニコニコマークを作ったりした。

当時はまだスーパーなどで買物する男性も数少なく、「スーパーマン」などとからかわれたが、それにはすぐ慣れた。週一回の買物デー（日曜）には、自転車に実に十個近くのポリ袋を満載して走った。スーパーで感じたことのひとつは、ニンジンやキュウリなどのサイズが見事に統一されていることの異様さである。野菜の名に恥じる工業製品のような不気味さを、覚えずにはいられなかった。しかし現在はそれほどの違和感を持たないところを見ると、人間の感性も、かなりの部分は環境の産物かもしれない。規格品の野菜しか見たことのない現代っ子はどうだろうか。

我が家はいつも経済的に苦しく、それを子供たちも気づかってくれたのか、「外食したい」などとはほとんど言い出さなかった。おかげで助かったが、洒落たレストランなどでの親子連れを目にすると、胸の痛むことが今もある。いわゆる店屋物を利用することもまずなかった。

私は毎朝、弁当を渡して兄弟を送り出し、夕食を卓上にセットし、ひと口メモを添え、子供たちと全く同じおかずをつめた弁当を携えて、大津の塾へと出勤した。帰宅は夜十時半頃で大抵二人とも眠っており（食器洗いは妻の生前から子らの仕事）、親子が顔を合わせるのは、朝の一時間余という日も多かった。

土日は思い切って休業としたが、日曜の夕食は、いつからか決まって「お好み焼き」となっていた。鉄板（電気ヒーター）を加熱し、練り粉のベースに好みに応じて、キャベツ、肉、卵などを入れて焼く。半分焼けた頃、兄がステンレスのへらで、気合一番、空中で引っくり返す。その技はなかなかのものだった。弟もお好み焼きにはご執心で、エビ、野菜、天かす他を調合して、「大阪風」「広島風」そして新作「清水風」などを、次々と開発していった（平成一九年九月号）。

三　食事③

結局、朝の弁当から始まる親子三人の食事作り「フルコース」は、六年半続いた。それは今振り返ると、この不器用で怠慢な自分にとっては、奇跡的とすら言えそうな体験だったようだ。

そこで得たもの、そして失ったもの（膨大な時間など）は、その双方とも私の予想をはるかに超えていたが、ここでは食事に関する個人的体験のまとめを、主にプラスの方向から記してみたい。

まず、食事作りを起点として、妻亡き後の我が家は、前に踏み出せたといっても過言ではない。当初、父親の腕前、熱意といったものに、やや不安げだった息子たちも、食事作りを媒介として、父を助け、協力するようになってくれた。

私は時間や労力の点で助かっただけでなく、その中で、彼らの性格や心情を知ることが出来た。何よりも「この家庭は、この三人で作っていくのだ」といった自覚、あるいは密かな誇りのようなものを、共有できたことは貴重だったと思う。

学んだことも多かった。男子厨房《ちゅうぼう》（台所）に入らず――といった観念と私は無縁だったが、何となく女性の方が、食事作りには適しているような気がしていた。しかし実践してみて悟ったのだが、男女間の買物や調理上の能力に差異は全くない。あるのは個人差、体験差だけだ。これは断言できそうだ。

しみじみと感じさせられたのは、この「食事作り」という行為に本来備わる、「やさしさ」のような感覚である。

私はジャガイモを洗ったり、ニンジンを切ったり、タマネギを刻んで涙を流したりしながら、和やかな気分にしばし浸ったものだ。確かにそれは、料理を子供たちが喜んで食べてくれる、その光景を想像したりするところからも生じている。だが同時に、特に野菜などを調理する場合、大地が生み出してくれたものに接する時の、人間の抱く本源的な、自然との一体感、安心感、といった雰囲気を、この食事作りという行為は、伝えてくれるように思えてならなかった。「おいもさん」「かぼちゃさん」といった、親しみのある呼称の味わいが、自分で調理に携わってはじめて、分かったような気もした。

ところで、前述したように、親子三人の食事作りチームプレーは、二十年前の妻の他界の年、その年の暮れのおせち料理からスタートした。

それより十八年間、一昨年（二〇〇五・平成一七年）暮れまで、おせちの分担は全く変わらず、兄（きんぴら、ごまめ）、弟（きんとん、焼き魚）、私（黒豆、雑煮）のレパートリーは継続した。場所は前半が京都府亀岡市、後半が長崎県島原市である。

この間、我が家にも大小の波があり、本当に「親子断絶」を賭けて争ったこともあった。しかし、暮れのおせち料理の時期になると、彼らは黙って帰省し、笑いながら自分のレパートリーをこなしてくれた。

その理由としては、様々なことが考えられようが、まず「食事作り」という人間生活の最も基本の営みが、家族を結ぶ強い絆として、我が家には存在したお陰と言えるかもしれない。

昨年（二〇〇六・平成一八年）の長男の結婚で、終止符を打ったのだが、その前年の大晦日、私たちはそれぞれに、十九回目の、きんぴら、きんとん、黒豆その他を作った。小中学生だった彼らも、いまや三十歳前後の社会人となっていた（平成一九年一〇月号）。

四　親父①

二人の子供たち（兄弟）にとって、私は、理解あるやさしい父親などではなかった。むしろその対極の、暴力的な「ワンマン親父」に近かったかもしれない。息子の小学生時代、彼らを（特に兄を）よく叩いては泣かせた。思い出すと胸の痛むこともあるが、いまさら時間を逆転させるわけにもいかないので、次に、事実あった（やった）ことを、いくつか具体的に記してみよう。

とにかく「わがままな子」、成長して「他人の痛みに無関心な利己的人間」にだけは絶対なって欲しくない――子育てに当たっては、常にこの思いが念頭にあった。そのように望む親は多いのかもしれないが、私には異常なほどの思い込みがあったようだ。

電車中では決して先には座らせなかったし、一旦腰を下ろしても、他の乗客がきたら必ず席を譲らせた。ゴミのポイ捨てなど、もっての外だった。車内にも道端にも、どんな小さなクズでも投げ捨てを許さなかった。当然のことだが、自分もそれらを厳守した。おまけに、私は我が子だけでなく、よそ様の子供にまでそれらを守らせずにはいられなかった。

亀岡時代、電車通勤を十数年続けたが、車中でスナック菓子の袋などをポイ捨てする塾帰りらしい中学生を、時々自分が読書中の堅表紙の本で、バシバシ叩いたりした。またある時、車中で次のようなこともあった。

インスタント食品の空き箱を放り投げた学生がいた。その箱が、たまたま足の悪いお年寄りに当たった。そばで目撃した私は憤激して我を忘れ、その学生に詰め寄った。彼は数名のグループの一員で、初めは私を軽くあしらおうと思ったらしいが、私の形相が狂気じみていたのか、ドギモを抜かれたらしく、急に黙ってしまった。ふと気づくと床には「〇〇大学拳法部」のネーム入りのバッグがいくつか置いてある（え、拳法って、空手のこと？）。瞬間私も「ヤバイ！」と思ったが、後に退くには怒りすぎていた。車内が静まり返った。次が京都駅で終点。ホームで乱闘か……と私も青ざめながら下車。しかし、ホームに足を下ろすや否や、彼らは逃げるように消えてしまった。

内心ほっとしながら、さすがに大学生は理性的だと、妙な感心をしたものだった。私は体重五十余キロのきゃしゃ男、腕力には自信ゼロ。

余談が長くなって失礼したが、とにかく、勉強がちょっぴり出来て、それをハナにかけるような小利口な子供には、絶対になって欲しくなかった。兄の小学生時代、「学校の宿題などやらなくてよい。そんな時間があったら本を読め。もし先生に叱られたら、お父さんが話しに行ってやるから安心しろ」と言い渡した。

また学校への連絡帳にも、時折その方針を書いたのだが、冗談と受け止められたのか、あまりまともには取り上げてくれなかった。

ところで兄は中学生になっても宿題をやらず、そろそろと私も迷いだした。担任教師との個人面談時、そのことを謝ると、「いや大丈夫、清水君はきちんと宿題をやってくる生徒です」と先生に言われて驚いた。帰宅して問いただすと、毎朝授業直前にさっとやって、出来ない時は友人のものを「参考」にするのだとか。これには私もうならざるを得なかった。生前、妻は「宿題くらいはやりなさいよ」と言っていたようだった。

そう言えば、私は中学教師一年目、夏休みに宿題（英語）を全廃した。ところが、親だけでなく生徒からも不評で、意外であり、反省もした（平成一九年一一月号）。

五　親父②

子供たちが小学生時代（兄弟とも）、家で机に向かう姿は、誰も見たことがなかった。それもそのはず「小学生に自分の机など必要なし」として、買い与えなかったからである。机自体がなかったわけだ。

頭の髪は、親父のバリカン床屋での五厘丸刈り、小遣いも完全にゼロだった。それらは、彼らが中二、小六まで続いた。

ワンマン親父ぶりは「テレビなし家庭」に象徴されていたかもしれない。私はＴＶ放映開始から現在に至るまで、一度も自宅でＴＶを観たことがない（実は、観ればすぐその番組に夢中になるくせに）。

このＴＶというシステムには、最初から違和感を抱いていた。学生時代、ボランティアで児童福祉施設に入り、子供たちと遊びころげたものだった。しかしその頃から普及しだしたＴＶのせいで、彼らとの自然や生活の中での、体と体の触れ合う直接の交わりが、かなり邪魔された苦い体験があった。

本来、与えられた環境の中を自由に飛び回り、一見平凡な日常生活を、見事に遊びの世界に変えてしまうのが、子供の持つ生き生きとした創造力であり、また特権ではなかったのか。ＴＶの前に座りつくし、それが与えてくれる映像を、無選択に、ただ受容するばかりのスタイルには、何か人間の積極性、精気といったものが長期間かけて吸い取られていくような、底知れぬ不気味さを覚えずにはいられなかった。

さらに大きく考えるならば、現在のＴＶ（に限らず、多くの社会報道）は、世界の一面しか伝えていない、と私には思われる。

たとえば、エジプトのピラミッドが放映される。残照の中に赤々とそそり立つ姿は、数千年の時空を超えて私たちを、クレオパトラの世界へと誘う。私も思わず吸い寄せられる。しかし、その古代ロマンの陰には、幾千幾万の悲惨な奴隷労働の事実が隠されている。私たちの感覚は、長年の一面的報道の海の中で、無意識のうちに、マヒしてはいないだろうか。話が大分脇道にそれたようだが、ともかく、息子たちは、ＴＶがないことで友人たちにからかわれ、かなりつらい思いを重ねたようだった。

ある夜、妻が私に言った。兄から「テレビを買ってほしい。見なくたっていいんだ。友達がきた時にあるだけで良い。お父さんが帰るまでに、僕が毎日絶対、隠してしまうから、どんなに小型でもよいから買って欲しい」と強く頼まれたとか。妻は「そんなことは出来ない」と突っぱねたそうだが、「お友達から、テレビがないことで笑いものにされるのは可哀想」とそっと言い添えた。私の心もかなり揺れた。しかし、結局買わなかった。

ＴＶのことではないが、弟の方からも、妻に訴えがあったらしい。「うちは貧乏なのか？」と尋ねられたとか。たいていの友人の家には車があるのに、自分の家にはない。そのことでバカにされ、大分傷ついたらしい。

実は、私も妻も免許証は持っていた。東京での教師時代、妻も仕事を持ち、子供たちの保育園への送迎にどうしても必要となり、マイカーを買った。しかし、車は確かに便利だが、反自然的な感じで好きになれなかった。運転も下手だったし、維持費だけでも相当な出費である。それで京都府亀岡市へ転居する際に処分した。今度は、保育園への送迎も自転車で間に合った。休日には、妻と二台の自転車のお尻に子供たちを乗せ、亀岡の野や川や古刹《こさつ》を訪ねた。

ところで彼らはなぜ、ワンマン親父に反抗出来なかったのだろうか（平成一九年一一月号）。

六　母親①

妻が短い生涯ながら、懸命に追い求めたものは、「自立」ということだったかもしれない。結婚しようという段階になって彼女は言った。

「私の条件はひとつよ。ずっと仕事を持ち続けること」

私はギクリとして、一瞬、うすら寒い気体が体内を吹き抜けたように、感じたものだった。私はちょうど三十歳で、体重五十キロ余のきゃしゃ男ながら、現場労働七年、東京都清掃局の作業員五年目だった。

彼女は二十三歳、親が離婚し、継父との折り合いが悪く、家出二回の「前科」があった。それで高校は中退。職業訓練校で製図を学び、電算機の基盤を作る会社で図面を描いていた。目の大きな人で、真っ直ぐ相手を見つめながら話した。そして口も大きかった。その口を思い切りあけて笑いころげていた。平凡な日常を楽しみながらも、さらに何かを人生に求めるところが感じられた。

私は民主的な人間のつもりでいた。結婚はお互いを磨き合う過程に違いないと考えていた。交際中も週一回の「学習会」を持ち、二人で社会の仕組みなどを勉強した。私には、気が小さいくせに「夢」は絶対捨てない、だから経済的には苦しい生活を送るかもしれない、との予感があった。だから妻には、いつも癒してくれるような人を欲していた。疲れ果てて帰宅しても、我が家に一歩入れば、温かな味噌汁のにおいと、妻や子供たちの歓声がこぼれ出してくるような家庭を夢想していた。

妻の職業に関しては、実は具体的に考えたことがほとんどなかった。出産後はやはり家庭を守ってくれなくては、子供が(私も)可哀想な気がしていた。だから彼女に「一生、仕事を続けたい」と言われた時、虚をつかれた思いでたじろいだのだった。でもまあ、実際に子供でも出来れば、また気持ちも変わるだろうし……と、あまり深くは考えなかった。

結婚後、予想外だったのは、自分が神経質で卑小な人間だという情けない事実だった。些細なことにもいらいらし、妻との日常的な好みの違いでさえ、時には気にさわってならなかった。家事の分担は、妻が食事一切を引き受けてくれ、私の分は二割弱で、それには内心ホッとしていた(平成二〇年一月号)。

七　母親②

やがて彼女は目の疲労から製図職を辞め、将来も考えて専門学校(編物コース・全日制二年)に入学。その間に出産のため半年休学、復学して卒業した。長男誕生後は、赤ん坊のお風呂や夜中の授乳(母乳からミルクへ)の半分くらい、やがては保育所送迎など、私の分担も少しずつ増えていった。

私自身も右手の脱肉(遅発性尺骨神経マヒ)で手術、機能回復は無理で、一年後には退職した。この清掃作業員七年の体験は一生の「宝」として残り、現在も私を支えてくれている。

その後、私は教師資格取得のために通信教育を受け、翌年春には私立中学の英語教諭となった。妻は専門学校を卒業し、そこの講師となったが、一年後に私たちは私の勤務先の職員寮に転居したので、通いきれなくなり、転職して土建会社の事務員などを経た。その間に次男が誕生した。

ところで転居して約一年、二人とも新しい職場や生活環境に慣れてきた頃、妻が言い出した。「やはり私も高校ぐらいは卒業したい。子供たちがもう少し大きくなってから、とも考えたが、思い立った時に始めないと、結局出来ないのではないだろうか。我がままかもしれないが、今、始めたい。仕事は続けるし、あなたに迷惑はかけないつもりだから」と。

（迷惑はかけないだと？　そんなアホな）と心中、思わぬでもなかったが、これまで私の人生都合に合わせて、彼女が一生懸命、頑張ってくれたことを思えば、反対することは出来なかった。

その春から彼女は通信制の都立高校生、中退前の単位も認められ、二年間の就学期間となった。仕事、家事育児に加えて、レポート提出などに追われる日々が始まった。

そして体育などのスクーリング（学校での実際授業）出席時は、家事育児とも私がかぶり、ちょうど教師業にも悩む中で、ストレスは日々増える一方だった。

保育所不足や不備（時間外や病時など）にも、ほとほと悩まされた。それ（お互いの時間不足）が原因で妻とも言い争い、お互いに傷ついたりした。

しかし、そのあたりから妻が少しずつ変わっていった。そのように感じて、ハッとなった。たとえば通信高校クラスメートの話題で、在日朝鮮人の悩みを聞かされて深く心を動かされたことがあった。その後、その友人が急死し、本人への同情だけでなく、社会的背景の理不尽さを、我を忘れ涙をぬぐおうともせずに訴え続ける妻の姿に、私は圧倒されてしまった。二年後彼女の新生面に接し、「これは教えられた！」と爽やかな思いに打たれたのだった。二年後の卒業式も感動的なものだった。

それから、私の実家の事情などで京都府亀岡市に転居し、私は公立中学講師、現場労働、塾講師などに就いた。妻は、今度は通信制短大（家政科・三年制）に入学した。仕事は手描き友禅の徒弟的修行に通い、やがて独立、自宅で友禅の反物を描きながら、レポート、スクーリングに精を出した。また新たに彼女は、地域活動、テニス、お茶へと行動半径を広げていった。

その頃になると、彼女の長期スクーリングも計算に入れれば、我が家の家事分担比率は、六対四ほどで、かなり私の受け持ちも増えたが、まだまだ妻には及ばなかった。しかし、私は自分の価値観のようなものが、少しずつ変わってゆくのを感じていた。

それは、妻に家事育児に専念してもらうよりも、外で様々な体験を積んでもらった方が、大きく見れば、断定は出来ないが、結局、夫にとっても「トク」ではないか、ということである（平成二〇年二月号）。

八　母親③

実際、長期スクーリングなどで、異年齢（十代の終わりから七十歳代まで）の多くの方々と友情を育む中で、あるいは地域活動（町内会、生協、平和運動、他）や趣味のグループに参加する過程で、妻の表情はより輝きを増していった。そのように感じたものだった。その輝きは、結局、夫である私を照らし、やがては子供たちをも支えてくれるものだった。

転居して三年、我が家もやっと経済的に一息つき、私は次の「夢」への模索を始めていた。妻はこの間の努力が報われ、短大卒業も目前であった。春に小三と小一になる息子たちは、近所の友達と川や田んぼで、終日遊びほうけていた。

ちょうどその頃、私たちが知り合うきっかけを作ってくれたサークル（東京ロマン・ロラン協会）から、フランス人作家、ロマン・ロラン生誕地訪問の企画が舞い込んだ。私も行きたかったが、結局、これまでの妻の精進への「ご褒美」にと、私も子供たちも勧めて、妻の渡欧が実現することになった。ようやく訪れかけた我が家の「順風満帆」の予感に、私は胸が弾んでならなかった。

ところが、全く予想もしない運命が待ち受けていた。（次に、それから五年半後に出したハガキを原文通り掲載）

—去る九月十一日午後〇時二十分、京都第一日赤病院にて、妻清水春枝は永眠致しました。三十九歳、死因は脳腫瘍。

五年前の三月、春枝は東京ロマン・ロラン協会の企画により渡欧、パリの宿舎にて昏倒。帰国後、日赤へ入院、直ちに手術。病の性格と経過を医者に宣告され、運命のあまりの酷薄さに、ただ涙のひと時を過ごす。しかし本人には正確な病勢を知らせず、以後最後まで貫きました。

残された生の期間、この命輝け輝け、と日々祈りました。そして本人にとっても、この間が生涯の高揚期とも言うべき時だったようです。通信教育で取得した資格を用いて、市内中学での家庭科講師（フルタイム）、皮工芸、お茶、料理教室、テニス、水泳、また地域行事、学校育友会、新婦人活動等々をこなしながら、なおハツラツと意欲的でした。

エピソードを紹介しますと、中学の教壇に立っている頃、途中からカツラをやめてしまいました。コバルト照射のため頭髪の一部が脱毛しており、悪童共からは、「ハゲハゲ」と呼ばれ、その度に「あんた達がその立場だったらどうするの！」と渡り合っていたようです。私達が勧めてもカツラを再びつけようとはしませんでした。七月末の最後の入院時、甘いゼリーを食べ残し、「これ、島原のおばあちゃんにあげて……」とか言っておりました。意識を失う直前のことでした。

春枝は決して傑出した人間ではありませんでしたが、本人が愛した野の花そのもののような、やさしさと強さを備えた女性だったようです。家には鏡台もありませんでしたが、常に内面の化粧には心がけていたようです。生活に対する積極性、楽天性、平和を求めること、女性が職業を持つことの素晴らしさ等々、私にも子供達にも数々の宝物を残してくれました。平凡ながら、（あまりにも短すぎたとは言え）精一杯生き抜いた春枝のことをお伝えし、合わせて生前の御厚意に深甚の謝意を表します。

一九八七年九月二十日

（平成二〇年三月号）

九　成長①

妻との「別れ」のことに先に触れてしまったが、話を少々前にもどしたい。本シリーズの五で、息子たちからの反抗はなかった、と書いた。ただし、私に対してはなかったかもしれないが、妻への反抗はあった。

中学生となった兄は、好奇心に満ち、自分の世界を広げていった。陸上部に入り、生徒会活動にも加わった。理科的な事がらに興味を示し、アインシュタインの小さな写真を大切にしたりした。

だが同時に、周囲を批判する眼も鋭くなっていった。まず母親がその対象となったようだ。彼女は、再手術後、短い小康期を経て、年が明けると（その年の九月に他界）、目に見えて崩れ始めた。感情領域といった部分も侵され出したのか、情緒不安定に陥《おちい》り始めた。本来、小心者の私より、はるかに大らかな精神の持ち主だった妻が、ちょっとしたことで感情的となり、子供たち（特に兄）をヒステリックに怒鳴りつけ出した。

夜、帰宅して妻からグチを聞かされたが、多くの場合、理はむしろ兄にあるように思われた。それを言うと彼女は余計にいら立つようで、私は無残な思いに胸を暗くした。兄には「お母さんは病気なんだから」と言い聞かせようとしたが、彼は、やはりその場になると、「自分の方が正しいのに……」と、どうしてもゆずれない様子だった。

妻は時々おかしなことを口走るようになり、そして異常にサラダを食べたがった。それが（レタスなどの材料が）ないと、無理にも兄を買いに行かせようとした。顔も手もマヨネーズで汚したまま、サラダをだらしなく頬張る脇には、嫌悪に満ちた兄の表情があった。

五月頃から、下《しも》の始末も怪しくなり出し、トイレの行きかえりでも失敗した。やがて彼女の布団のそばに、ポータブルトイレを設置したが、次第に、それを自力では利用できなくなっていった。

まだ正気な時も大分あり、私が帰宅すると、妻は不思議に目覚めており、布団の中から「お帰りなさい、お疲れさま」などと必ず声をかけてくれた。だが、時折、ぼおーっと意識が「逃げる」感じで、たとえば、ポータブルに腰をかけ、下半身は全部はだけたまま、ゆがんだ顔にうす笑いを浮かべたりしていた。

妻の手術を二回とも執刀されたK医師は、技量、人格とも、充分に信頼の置ける方だったが、彼からある日、次のように言われた。

「最後は出来るところまで、家族の皆さんで面倒を見てあげてください。奥さんにとっても、それが一番しあわせなお別れの仕方ではないでしょうか。でも、どうしても無理なようだったら、たとえば、お子さん方の思い出に残すお母さんの像が、余りにも惨めに壊れるようだったら、連絡して下さい。あとは私たちで引き受けますから」と。

そのような物言いに、私は「先生……」と言いかけながら、胸が熱くなり、言葉が続かなかった。

妻の生理が始まった。その始末もせざるを得なかった。兄はその場にいることも嫌がった。それは当然だったろう。思春期に入り、セックスというものに、淡い憧れと欲望とを感じ出す頃、反抗することはあっても、やはり素敵な母親であって欲しいその人の、裸や、性器や、ましてや生理などに接することを忌避するのは、無理もない感情だったに違いない。

これだけは子供にやらせたくない……、私も必死だった。しかし、私は大津の塾へ毎日通勤するので、それも含め、下《しも》の始末を一人で全部カバーすることは不可能に近かった。思い余って、私は最後の「賭け」に出た（平成二〇年四月号）。

一〇　成長②

妻の一回目の手術後、執刀されたK医師から「奥さんにはどのようにお伝えしましょうか」と尋ねられた。彼の診断は「必ず再発。存命は二年余、幸運が重なれば五年程度か」であった。私は一瞬ためらったが、「手術は成功。ほぼ全快。として下さいませんか」とお願いしてしまった。

深く考えたわけではない。しかし私には、それ以外の答えは思いあたらなかった。それまで主婦、母親、職業人でありながら、通信高校、通信短大に学んだ。元来陽気で、周囲には明るい顔しか見せなかったが、日々どれほどの苦労や葛藤を重ねたことだろう。その彼女がやっと報われて、次の新しい人生に羽ばたこうとする、この時に、「きみの命は、あと何年かもしれないよ」などと言えるだろうか。それに息子たちは、手術の時（三月）、兄が小二、弟は小学校入学式のちょうど十日前だった。あまりにも幼なすぎる。ここは隠し通さなければ、と覚悟した。

だが、そうしたために、私は別の重荷を背負ってしまった。私たちは実はそんなに仲がよかったわけでもない。日常的には小さなことで争い、互いに感情を害したりした。しかし、少なくとも、ウソだけはつかない夫婦関係でありたかった。それだけは共通の誇りにしていた。

それなのに、手術後、最も大切な部分で、決定的なウソをついてしまった。彼女は完全に私を信用してくれ、かたかった表情も次第にほころんでいった。四十数回の放射線治療にも副作用は、ほとんど伴わなかった（頭髪の脱毛は部分的にあった）。退院が近づくにつれ、あれこれと将来への夢をふくらます妻と接しながら、私は気が重く沈むのを隠すのに苦労した。

前（本シリーズ八）に記したように、彼女は、特に始めの三年ほどは、生涯の高揚期とも言えそうな輝きを、仕事でも、趣味や社会活動の分野でも放った。子供たちも安心して母に甘えていた。私はウソを通し続けて、やはり良かったと思っていた。

しかし、手術後四年目、手の震えが始まった頃、妻が不安を訴え出した。私はウソを重ねるしかなかった。だが、やがて彼女は正確な病勢を知ったようだった。医学書もあるし、病院の検診日、周囲からの情報なども多かったはずだ。

ある時突然、妻は生命保険に加入したいと言い出した。「全快してるんだから無意味だ。お金が勿体ない」と強く反対したが、必死に言い張って譲らなかった。

また、ある時、おどかしてやろうと足音を忍ばせて帰宅すると、妻は一人座布団に座ったまま泣いていた。表へ逃げ出して私も泣いた。

時間は冷酷だが、同時に優しい面もあるようだ。年月が流れ、やがて彼女は、自分を悲しむ能力も失った。さらに機能障害が進み、前述したように下の始末も自力では不可能となった。最早、息子に真実を話すしか方法はあるまい……、私は決心した。

夜遅く帰宅して、兄を庭に呼び出した。雑草が生い茂る片隅で、彼に、母の病状をほぼ正確に、「その時」が迫っていることをも含めて伝えた。彼が一種の錯乱状態を示すことだってあるかもしれない、と覚悟を決めていた。少々の沈黙が続いた。私は夜空を仰ぎながら、反応を待った。やがて小声で彼が言った。

「分かったよ」と。そしてポツリとつけ加えた。「お母さん……、可哀想やなあ」と。

その時、私は中二の息子の中に、頼もしい「味方」の存在を実感していた。家に入り、眠っている妻をゆり起こし、

「ほら、きみの息子は、こんなに成長したんだよ」

と告げたかった（平成二〇年五月号）。

一一　成長③

深夜、草深い庭の片隅で、母親の運命をほぼ正確に告げられた息子（兄・当時中二）は、「お母さん……、可哀想やなあ」とつぶやいた後、ふっと、その場とは関係ないようなことをつけ加えた。

「去年、沖のブイまで泳いだの、正解やったなあ」と。

その頃、毎年、夏の数日間は島原に帰省していた。家族旅行などあまり出来なかったが、これだけは確保してきた。その前年の帰省時、島原の猛島海水浴場（当時）の沖のブイまで、まず兄と私が二人で泳ぎ、次は浮輪の弟を二人で側泳しつつ往復。最後に妻も浮輪でチャレンジ。ところが意外に潮流が強く、本人も私たち二人も流され気味で失敗。

翌日、再度挑戦しようとすると、兄が心配して「お母さん疲れたはるから、無理と違うか」などと言う。しかし強行。妻にはゆっくり休んでもらい、潮流も計算に入れてのスタート。浮輪の妻を兄と私が囲んで泳ぎ、万一の場合に備えて、弟は浜辺で待機。

そして完泳。四人そろって砂浜でくつろぎながら、対岸の熊本の青い山並みを眺めた。少年の日々、ここから金峰山とそれに連なる山々を遠望しては、夢をふくらませた。しかし、この時の胸中には、妻と子供たち以外の映像はなかったようだ。

ともあれ、兄はその時の私の強い態度にうっすら疑問を感じていたのだろう。それが一年後、「正解」という言葉となって結ばれたのかもしれなかった。

母の運命を知った日から、兄はいやな顔もせず、必死に手伝ってくれた。だが、ちょうど次の日あたりから高熱が続き、K医師に電話すると「限界かもしれません。入院して下さい」とのことだった。

前夜、「最後」の入院であることを悟った兄は、いくら遅くなっても、庭で「花火大会」をやろうと言い出した。私も賛成で、塾の授業を短縮して、ひと電車早めに帰宅した。しかし結局妻の体調がかなり悪く（三十九度を上回る高熱）、中止せざるを得なかった。

そのかわり、彼女の好物の西瓜を切って皆で食べた。すでに普通の反応は望めなかったが、それでも、いつもならとっくに眠りほうけているはずの弟（当時小六）が、サイコロ状に切った西瓜を、一個ずつフォークで母親の口もとに運ぶと、彼女はうっすら笑いながら、実にうまそうにほおばるのだった。これが私たち四人家族の『最後の晩餐《ばんさん》』となった。

ところで、私たちが転居した京都府亀岡市には、当初、一人の親戚知人も居なかった。しかし、その頃（転居九年目）にはかなりの数の知己（それも妻の方の）が出来、大変お世話になった。最後の入院（京都日赤）時も、妻と同世代女性Sさんのグループが、車で送って下さり、入院後も頻繁にお見舞いを頂いた。

子供に朝食を食べさせ、昼食夕食を用意し、午前中、大津の塾への出勤途上で病院に立寄る私は、前日病室のノートに記入されたイラスト入りの激励文や、花瓶の可愛らしい花に、いつも深く頭を下げた。しかし私よりも、息子たちにとって、その意味はさらに深かったような気がする。

入院は七月二十五日、彼らは夏休みで連日の部活（陸上とサッカー）があった。私は大人用の通勤定期を買い与え、部活後二人で必ず母の見舞いに行くよう指示した。体力的にも（病院まで片道四十分）精神的にも（妻は入院後、植物状態への階段を降り始めた）辛いことだったに違いない。しかし私は、彼らに、母親の最後を真正面から見据えて欲しかった。強く生き抜いて欲しかった。だが……、それは周囲の方々の、前記のようなやさしさ抜きには不可能だったかもしれない（平成二〇年六月号）。

一二　成長④

後で計算すると、妻の最後の入院はちょうど七週間、つまり四十九日に渡っていた。この間、彼女は永遠に戻ることのない階段を一歩一歩降り尽くしていった。その間、子供たちは、夏休みでもあり、連日（私は塾の夏期講習で時間が合わず）、二人だけで母親の見舞いに通った。

二週目以降、妻の意識に、ますます「にごり」が増えたようだ。かつての生気あふれる姿はどこにも見当たらない。残酷である。しかし、本人としてみれば、今も病と闘いながら、懸命に生き抜いているということ。夜、駅前でたこ焼きを買い、帰宅して子供たちと食べる。

三週目には、口から食べても吐き出すばかり、ということで点滴栄養となる。K医師からも、急速に悪化と告げられる。「その日」は案外近いのかもしれない。

四週目。こんなことが現実にあるのだろうか……。あのハツラツとした気の良い娘が、ベッドに横たわり、まったく反応を示さない植物化した（植物ならばもっと生き生きとした姿態がある）眼前の彼女に変わっている。あまりにも惨《むご》すぎる。平凡だが周囲を愛し、精一杯、誠を尽くして生き抜いてきた人間に対する、これが天の与える『報い』というものなのか。そんな理不尽が許されようか。

ある朝、病院からの電話で、妻が痙攣《けいれん》を起こしたとのこと。部活に出かける寸前だった子供たちを引き連れ、電車で急行。結局、痙攣と呼吸困難は収まったが、「もう人間的回復は完全に不可能。一か月程度かもしれない。併発症もあり得る。高栄養で生命のみ維持という方向もあるが、どうですか」とK医師に問われた。

安楽死といった問題に直面する予測はあった。妻自身も、万一の時は、「迷惑かけたくないし、意味もないから、無理な延命は絶対にやめて」と繰り返していた。五年余、彼女は充分に「生」を発揮し、輝き、満足した。前年の初め頃、「人生が面白くてたまらない」と口にしていた。そのことを深く胸にしまい込んで、静かにねむって欲しい。今となっては……。だがそれは、自分たちの疲労や生活優先からくる利己主義にも思えて、心が定まらなかった。

五週目。隣家（農家）から頂いたサツマイモを、弟が圧力釜で加熱すると、見事なふかし芋が出来た。久しぶりに三人揃ってそれを夕食とし、母親のことも話しながら過ごす。兄弟の入浴後、笑いながらくつろぐ。風呂で「お父さんに元気を出してもらおう」などと話したのかな。

その翌日から、私は妻の病室での宿泊を開始した。

六週目、病室（個室）に泊まりだして、脳外科部長のF先生とも対話する機会に恵まれた。時間的に好都合だったのか、よく来て下さった。このような会話もあった。

F先生「学会では、ガンも正確に告知し、残りの人生のまとめをすることに意義がある、というアメリカ流が主流となってきたが、どう考えますか」

私（清水）「能力条件に恵まれた人は良いが、一般の人たちは、暗く惨めな余生を送る場合も多いのではないですか。知らないでいて人生を全うした方が良いのかもしれません。また華々しい業績や意義のある足跡を残さなくても、その人なりに、野辺の花のように、生き、愛し愛され、自然の中で一生を終えれば、それで幸福ではないのでしょうか」

心が決まってきた。たとえ植物状態でも、目前に本人が居て、生きた体に触れられる限り、その生は私たちの支えである。その生はこれまで全ての思い出をはらんでいる。幸い、きみには自覚する苦痛はないらしい。どうか生の最後までの燃焼を！（平成二〇年七月号）。

一三　成長⑤

妻の病室（個室）に泊りだし、「最後」の二週間に入ったあたりから、私は体調に不安を感じ始めていた。自宅で妻の介護を続けて腰を痛めた。それは妻の入院以来かなり解消したが、自宅（亀岡）↓病院（京都）↓塾（大津）への移動片道二時間半は体にこたえた。八月は夏期講習（高三）も重なり、昼夜の連続授業となった。予習時間も必要だった。

一度授業中にふらりと倒れそうになり、黒板のへりにつかまった。眼を閉じると、金色の輪がぐるぐる回っているように感じられた。

そこで、病室に泊りだしてからは、運動シューズを持参。シーツ交換時などは外に出されるので、その時間にトレーニングを実行した。京都日赤の屋上は結構広いが、真夏なので、ほとんど無人。そこで私は、ラジオ（柔軟）体操をやり、毎日何周と決めて走った。幸い子供たちは、ますます協力的となった。兄は「オレたちのことは心配せんでいいで」といつも言い、弟はマンガ入りの「お母さんガンバレ」のポスターを何枚も作ってくれた。病室に貼ったそれを、本人が見る機会はもうなかったのだが……。

病院では案外眠れた。折りたたみ式簡易ベッドでも、疲れているせいか熟睡できた。看護婦さん方から、勤務の厳しさ、つらさなども具体的に聞いて、考え込んだ。夜中に私が英語の参考書を読んでいると、「消灯時間です」と言いながら、そっと出て行ってくれたりもした。妻の容態は急速に悪化してきた。ある夜、悲鳴にも似た奇声を一晩中発し続けた。翌朝奇声が収まって数時間後、彼女は静かに静かに、私の腕の中で息を引き取っていった。

三十九歳、結婚後十六年目だった。自宅（農家の離れ的な借家）で行なった妻の葬儀、読経の後、息子たちが選んだ「お母さんの好きだった曲」のテープが流された。

『禁じられた遊び』に始まる音楽の中を、二百五十人近くの会葬者が焼香、庭も道路も人で埋まった。外の花輪は一対（私の塾）のみで、少数の親戚以外は、肩書きのない彼女の友人、知人たちばかりだった。（五十人くらいはちょうど日曜日で集まってくれた兄弟の友人たち）。

未知の土地に転居して八年、彼女の底抜けの明るさ、誠実さが、多くの人々の胸に届いたのだろう。多分、自分は一度も逢ったことのないたくさんの方々を見やりながら、私は、結婚前の彼女の言葉を回想していた。

「私の条件はひとつよ。ずっと仕事を持ち続けること」だった。

ああ、きみはその意志を見事に貫いた。そしてそのことが、私たちだけでなく、このように多くの人たちの心を揺さぶり、勇気づけてくれたのだね。きみの勝ちだよ。

その時、最後の別れに、花を柩《ひつぎ》に入れている人たちの中に、制服姿の女子高生二人の姿があった。一連の折鶴を添えた手紙を、妻の顔の脇に丁寧に置いている。はっと気づいて私は、もう涙を抑えることが出来なくなってしまった。

手術後の放射線治療で、妻の頭部は一部脱毛していた。家庭科講師で市内の公立中学に勤めた時、授業中の私語を注意したことから、ある生徒たちには「ハゲハゲ」と呼ばれるようになった。そのたびに「あんたたちがその立場ならどうなの！」と、顔を涙でぐしゃぐしゃにしながら生徒に詰め寄っていたらしい。

「どうしても分かってくれないのよ」と、あまりに惨めそうなので「次からカツラにしたら？」と言うと、「そんなことは出来ない」と小声でつぶやくなり黙ってしまった。……あの二人こそ、その時の生徒に違いない。当人でないとしても、少なくともその場にいた生徒に違いない。何とかして、妻にこのことを伝えてやりたかった。何が書いてあるのだろうか、その手紙を彼女に、何としてでも、読ませてやりたかった（平成二〇年八月号）。

一四　成長⑥

妻の他界後、兄はさらに明るくなり、私たちを笑わせ、自分も身をよじって笑いころげた。その年の暮れに、彼は中学の生徒会長となり、交友を広げていった。

ある時、ツッパリの友人を、

「大嫌いやったけど、親の話とか聞いてたら、何や可哀そなってしもたわ。おっちゃんの暴力やら何やらで、俺たちよか、ずっと苦労したはる」

「そやけどなあ、結局、失業とかに、そこのおっちゃん追い込んだ、社会の仕組みも悪いんと違うか」

などと評するのを耳にして、ハッと自分が正されたような気がしたものだった。

一方、小学校の入学式（手術直前）にも、卒業式（他界後）にも、母親に出席してもらえなかった弟は、そして最も母になつき最も母に可愛がられた彼は、もともと無口（特に父親の前では）の方だったが、母親と別れた後はさらに寡黙《かもく》となっていった。

それが気にかかり、何とかしゃべらせようと努めたつもりだが、いつも「べつに……」とか、「まあまあ……」といった返答しかもらえなかった。最後には私が「もっと具体的に話をしろ。今日クラスでこんなことがあったとか、A君はああ言うが、僕はこう思う、とかな」などと説教する始末だった。

彼は兄と三歳近く離れているのだが、三月生まれで学年は二年下、同じ中学に在学し、運動面や生徒会活動等々、何かにつけて兄と比較され、やはりつらそうだった。小三からサッカーをやっており、案外上手で時には賞をもらったりした。そんな折など、さあ自慢話を引き出してやろうと誘い水を向けるのだが、うまくいかなかった。優しい母親代わりになれない自分に腹を立て、時には父親の気持ちを素直に受け取ってくれない弟にも怒りをぶちまけ、その後で芯《しん》からすまないと悔いるのだった。

小学校卒業式の日、近所のお母さんから「卒業文集でM君（弟のこと）の詩を読んで、涙が出てしまいましたよ」と言われた。帰宅して早速、その文集を持ってこさせた。こちらから求めないと、見せようとしないことも恨《うら》めしかったが、一読して、胸が熱くなり、何も言えなくなってしまった。

父のしあわせ

「ただいま」
だれもいないのはわかっていて大声で言った
ドアをあけたらギューとにぶい音がした
仏だんの電気ろうそくの光が部屋全体をてらしていた

ぼくはその時先生の言葉を思い出した
「ろうそくは自分の命をけずって人のためになる」
もう一度見た
まるで暗い草原に
一人でろうそくを持っているようだつた

「ただいま」
十一時ごろ

明るく元気な声で父が帰ってきた
玄関のカギをしめ
裏口のカギをしめ
くつを手に持った父の背中は少しまがっている

しかし
「つかれた」とは一度も言わない父
明日の授業の下調べをする父
日曜日には遊んでくれる父

父のしあわせは
いつくるのか

（平成二〇年九月号）。

一五　成長⑦

母親不在の中で、やはり子供たちは寂しかったに違いない。そして父親の私はワンマンであり、生き抜くことに精一杯だった。子らの寂しさを受け止めてやわらかにほぐしてやれるだけの、やさしさ大らかさといったものが不足していた。その点には今に至っても悔いが残っている。

しかも亀岡から大津の塾まで通勤し、土日以外の帰宅は夜の十一時近くだった。これでは「家庭」と言っても、彼らにとって、充分に心安らぐ場所とはなりにくかったかもしれない。そのような私たちを、有難いことにしっかりと支えてくれたのは、地域の方々、そして子供たちの友人、先生方、さらには当地の自然であり、また歴史的な風習でもあった。

私たちが住んだ京都府亀岡市（現在人口は約十万人）は、京都とは山々でさえぎられ、保津川（下流は桂川）が貫流する盆地の中にあった。静かで落ち着いた雰囲気は、故郷の島原と共通しているかもしれない。

そう言えば、転居時に頼んだトラックの運転手さんは、荷物の他に奥さんと仔犬一匹を同乗させてきた。早朝島原に到着した彼は車から降り、両手をあげて大あくびをすると「なんや亀岡と似てますやん」というふうに島原の第一印象を口にした。

さて私たちが十七年間住みついた京都府亀岡市三宅町は、かつては竹林と田畑を貫く旧街道沿いの農家の並びだったらしい。借家（農家の離れ）に住む私たち以外は、どの家も昔からの顔なじみで、お互いの家族構成にまで通じていた。

小学生時代、兄弟は下校すると、近所の仲間たちと田んぼに直行し、ザリガニを釣り上げ、イモリをつかまえ、それをバケツに入れて家に持ち帰った。ゲンジ（クワガタムシ）を追って野原や雑木林を異年齢の小集団で駆けめぐり、お寺の境内《けいだい》では栗をかき集めて和尚に叱られた。

妻の好みで、庭に小さな菜園が出来たが、特に兄が喜んで世話をした。ナスやキュウリ、あるいはヘチマ、ヒョウタンなどの生長を、家族全員が楽しみにしていた。弟は小動物がお気に入りで、ヤモリをいつまでも眺めていた。ミノムシのくっ付いた雨戸は、長い間、開けさせなかった（平成二〇年一〇月号）。

一六　成長⑧

庭の家庭菜園に、小玉の西瓜がたった一個、実を結んだ時、それを「切り身」にして、ご近所にも配った。息子たちは、「みんなとっても喜んでくれたよ」と、得意げだったが、妻と私は顔を見合わせた。皆さん、農家のベテランだもの、むしろ、吹き出したかったに違いない。でもそれを押さえて、大切なもののように受け取って下さった、その心づかいが嬉しかった。

亀岡転居の時、それまで住んでいた職員寮（川崎）の庭に咲いた、大輪のヒマワリの種を持参してきた。それを、勝手に一面に播《ま》き散らしたのだが、梅雨が明けると急速に成長し、やがて私たちの背丈より高くなった。そして一斉に開花した。庭も通路も百本を越えるヒマワリの花で埋まった。その時のスナップ写真（表紙に使用）を見ると、花も子も親も、思いっきり明るく輝いている。その写真が、一昨年（二〇〇六年）、息子（兄）の結婚式のスライドで紹介され、列席していた亡妻の姉は肩を震わせて泣いた。

一方、私はその百本以上のヒマワリの種を子供たちと集めたが、処置に困った。翌年の春までかかって、次のことを思いついた。

「職員寮のヒマワリだったし、あの時の生徒たち（卒業させた中三の、担任クラスを含む百二十余名）に送ろう」と。力量、努力不足から、生徒に対して良い教師であり得なかったことへの自責の念もあった。

その中にM子がいた。彼女は中三の時、父親が急逝《きゅうせい》し、担任だった私は適切な助言も出来ずに、うろたえた。高一で彼女は渡米（留学）した。「数年早すぎる」と、母親を除く周囲は反対だったらしい。常識的にはその通りかもしれないが、彼女の胸のうちを思いやると、私は祈るような気持ちで賛成するしかなかった。

その年の秋（と思うが）、在米中のM子から便りがあり、「半年ほどは、つらくて、夜一人になると涙が出たが、やっと言葉にも生活にも慣れてきました」と書いてあった。私が送った種をその地で播き、咲いた花から採《と》ったというヒマワリの種が、同封してあった。

さて、息子たちの子供時代、亀岡の秋祭りは忘れられない思い出の一コマである。その間、街角には山鉾《やまぼこ》が飾られる。京都の祇園祭《ぎおんまつり》ほど立派ではないとしても、何百年もの伝統ある山鉾が、町内の安置所から引き出されると、それだけで人々の心は浮き立つ。

その山鉾の、梯子《はしご》を登った櫓《やぐら》の上で、地域の子供たち数名と指導役の大人が、祭り当日、お囃子《はやし》を奏するのだ。そのために町内では、笛や太鼓の特訓を重ねる。子供たち（主に小学生）は、しごかれる。息子たちも練習から帰ると、「Aおっちゃん、教え方うまいけどキツスギやわ」とか、「そやけどBおっちゃんはオモロイで」などと勝手なことを口にしていた。こうやって子供たちは、親以外の大人たちと接し、地域の伝統行事に加わる貴重な機会にも恵まれていった。

祭りの日、道路に出て、にぎやかなお囃子に誘われて見上げると、櫓には兄弟を含む悪童共の、緊張した、そして誇らしげな顔があった。もうひとつ、思い出の一コマを記そう。

ＪＲ京都駅から山陰線に乗ると、亀岡の手前で列車は保津川と並行する。その保津川の土手の小道を約三キロ、日曜夜に、タイムを計りながら、父子三人で走った。記録ノートは十年分残っているが、三人そろって走ったのは六年ほどだったろうか。私は、やがて兄に抜かれ、弟に抜かれた。そして、いつの間にか、一人で走っていた（平成二〇年一一月号）。

一七　成長⑨

前述した秋祭りの他にも、十七年間住んだ亀岡市の町内行事には、地蔵盆、運動会、ハイキングなど、親も子も参加できる企画が多かった。私は朝方、京都、滋賀方面に出勤して、夜遅く帰宅する生活が続き、最初の二、三年は、葬儀や年一回の懇親会以外には、町内の方々と接する機会も少なかった。

しかし妻と息子たちは、一年もたたないうちにすっかり同化して、「土地の人」に成りきっていった。

こんなこともあった。ある晴れた日曜日、気がつくと誰もいない。たまの休日くらい一人でゆっくりして欲しい、との家族の思いやりか、単に無視されただけなのか。ともかく私はのんびり起き上がり、散歩に出かけた。近所のグランドで、運動会をやっている。近づくと、児童の地域対抗リレーらしい。顔見知りのKさんがねじり鉢巻の丸顔を真っ赤にしながら叫んでいる。

「ソレーY、そこだ、抜けえ！」

おや、息子（兄）と同名の子もいたのか、と首を伸ばすと、なんと、我が子が力走中。テレ臭かったが、最後まで見届ける。「次は、お待ちかね『花も嵐も踏み越えて』でーす」とのアナウンス。「アベックのお二人さん、ゴールまで絶対に、絶対に手を離さないこと。これがルールでーす」。どちらかと言うとハレンチ系、もう帰ろうかと歩き出すと、第一組が走ってくる。おや見たような顔……どころか、な、なんと、ペアの片方は妻、もう片方は見知らぬ青年。ウーム……足早に場外へ。

私もやがては地域に溶け込み、役員も引き受けだした。地蔵盆では、水フウセンの叩き売りで名を上げ、運動会マラソンでは、賞品の手なべをかけて近所の悪童共と「死闘」を演じ、ハイクでは、晩秋の嵯峨路を町内の衆と辿《たど》った。

妻は東京時代から、新婦人（新日本婦人の会）に加入していた。手工芸の好きな彼女は、よく我が家で講習会を開いた。帰宅すると狭いふた部屋が十名近くの女性で溢《あふ》れていた。皆さん、アートフラワーを作りながら、おしゃべりに夢中。私は身の置き所に困り、片隅で残り物の茶菓子をつまんだものだった。

息子たちも小四頃までは、ご一緒に作ったり食べたりしていた。今、島原の我が家に飾られている人形や壁掛けは、大部分が、その頃の母子三人の作品なり。帽子の一部が欠け落ちたりもしているが。

　妻の他界後も、有難いことに、息子たちは地域全体に見守られながら成長したようだった。ある時、道を歩いていると、車が私の脇で止まり、見知らぬ中年の男性が現れた。彼は顔をゆがめながら私の妻を悼《いた》み、息子たちのことをほめちぎった。後で二人に尋ねると、Nおっちゃんという、裏通りにある町工場の主人らしかった。ご夫妻とも大の子供好きで、おっちゃんの腹部には手術の大きな傷跡があり、せがめば見せてくれるのだそうだ。「こりゃあ楽しい」と嬉しくなった。

　信号の向こうの果物屋さんは、おかみさんを始め、終始、息子（弟）のファン。姪御さんが彼と同じ中高校だったらしく、私も知らないニュースをそこで仕入れた。

　ガキ大将で演劇も主役、というユニークな息子さんを大学へ送り出した町内のH氏は、「空いた部屋を、お子さん方に常時提供します」と申し出て下さったし、妻の友人Sさん方（既出・一一）からは「お風呂に入りにきてね」などと、いつも兄弟に暖かな言葉をかけて頂いた。多くの場合、ご好意をお断りしてきた。「依存人間」には成りたくなかったからだが、しかし今、「小さすぎたかな」と思わぬでもない（平成二〇年一二月号）。

一八　成長⑩

　妻の他界後、兄弟の中学、高校卒業式に、一度も忘れず、花と図書券を贈って下さった地域新婦人班の皆様には、お礼の申しようもない。妻が知ったとしたら、おそらく涙をぼろぼろ流しながら、深謝したことだろう。

また、私が勤務した東京の和光学園校長（園長）丸木政臣先生は、爾来《じらい》八年、これも一度も欠かさず、年末に大きなダンボールの、（多分、奥様手作りの）食品詰め合わせを送って下さった。毎回、心のこもった文章も必ず添えられ、私は深く頭《こうべ》を垂れずにはいられなかった。

さて兄は府立高校に入り、部活はテニス部に所属。彼の信条は「スポーツは楽しむもの」であり、対外試合向けの特訓などは、そろそろと拒否していった。幸い先輩にボスはいなかったようだが、やはり顧問教師とは対立したらしかった。

兄弟の中高時代は、ちょうど中国天安門事件から、社会主義国崩壊に至る、世界史激動の時代でもあった。特に兄は世界情勢に深く関心を抱き、新聞報道をタネに、次から次へと私に質問を浴びせ掛けてきた。弟も脇で聞いていた。

子供たちに社会や政治の大きな仕組みを語ることは、大変重要だと私は考えている。だがそれはなかなか難しい。親自身の無知や弱さや誤りにも正直になる必要がある。しかし私は覚悟を決めた（何回かに分けて、ほぼ彼らに伝えた通りを、記します）。

子供の頃、「社会主義」、「共産党」といった言葉は、私には、何か恐い、暗いイメージを連想させた。「アカ」と呼ばれることは、人間として最も恥ずかしいようにも感じていた。

我が家は、中国東北部（旧満州）からの引揚げ者であり、敗戦時、進駐してきた旧ソ連軍に、家屋敷を没収され、路頭に迷ったらしい。当時、四歳だった私に正確な記憶はないが、ロシア兵の性的対象になるのを恐れて、女性たちは困窮したらしい。母は多くを語らなかったが、屋根伝いに逃げたこともあるらしく、想像しては、私は自分のことのように悔しさを噛みしめた。

私が中三の秋、「ハンガリー動乱」があった。ハンガリーの首都ブダペストでは、学生、労働者が自由とソ連軍の撤退を求めてデモを行ない、治安警察と衝突。軍隊（国内）や警察まで大衆側に同情し、一時は政府も中立を宣言したが、結局は、ソ連の徹底した軍事行動に、多くの死者を出しながら、鎮圧された。私は西日本新聞の記事を、毎日胸をはずませながら読みふけり、ソ連軍の暴挙に怒った。

このようにして私の心中には『反共』心情が育っていった。同時に一種の政治嫌いの傾向も強くなっていったようだ。だから高三の頃、『安保闘争』中の学生運動が新聞などで華々しく伝えられても、「親のすねかじりのくせに、甘えるな」と言った程度の感想しか持たなかった。

ところが、高二時代から憧れ始め、毎夜、星空のかなたに思いを馳せた北海道大学に合格し、その恵迪寮《けいてきりょう》（男子三百人）に入寮してみると、当時の全学連中央委員長は、北大生の唐牛《かろうじ》健太郎氏であった。おまけに彼は寮の先輩であり、私たちは入寮してまもなく寮内図書室に集められ、直接、彼からオルグされた（学生運動に加わるように、強く勧誘された）。その席で、彼から思いも寄らない言葉を聞いた（平成二一年一月号）。

一九　成長⑪

唐牛健太郎氏は、日本が安保闘争（近代日本史上最大の大衆運動・広辞苑より）の渦中《かちゅう》にあった当時、全国の注目を集めていた（一九六〇年、昭和三五年）。

しかし私は（彼が北大生とは知っていたが）、安保（日米安全保障条約）に無知で、全学連にはうっすらと反感さえ抱いており、彼に特別の関心はなかった。その唐牛氏が、私の眼前に立っていた。

略歴をネットより引用する。

―唐牛氏は函館市生まれ、母子家庭に育つ。高校時代は無口で文学好きな紅顔の美少年。苦境の中で育ててくれた母親思いの多感な青年だった。五六年、北大入学。その夜は友人達と僻地《へきち》教育の夢を語り合った。一年生の夏、上京して砂川闘争（米軍立川基地拡張に反対する闘争事件）に参加。五九年、全学連全国大会で中央執行委員長に就任。「輝ける全学連委員長」として、六〇年安保闘争の頂点に立つ。社会党（当時）や共産党の指導する穏健な街頭デモを「お焼香デモ」等と批判し、警官隊との激突も辞さない戦闘的デモを志向した。

「昔なら唐牛さんは、農民運動の名指導者になっていたのではないだろうか。人間を見る目の確かさ、鋭さ、暖かさは、保守・革新の枠を超え、われら『六〇年安保世代の親分』と呼ぶにふさわしいものだった」加藤紘一氏（元自民党幹事長）『唐牛追想集』より。

寮の先輩の話では、唐牛氏は、寮生時代、自分の机に書物を「コ」の字型に積み上げて読書にふけり、怠慢学生の多い寮生の中では、異彩を放っていたとか。

さてその唐牛氏が、私の眼前に立っていた。なるほど長身でハンサム、瞬時に人の心をひきつけそうな魅力も感じられた。

それまでの、煽《あお》り立てるような口調を休め、少し笑い、唐牛氏は思いも寄らない言葉を口にした。

「岸内閣を退陣に追い込むテクニックには、女を攻略する場合と共通するものがある」と。

私は、一瞬、自分の耳を疑った。次に頭がかっと熱くなり思考が停止した。「今、何かを言わなければ……」と内心からの強い衝動《しょうどう》に駆られながら、ひと言も発することの出来ない自分があった。

それでも、安保改定には、反対すべきだと結論し、行動にも参加した。

デモで、警官隊に「ポリ公！」「ポリ公！」と罵声《ばせい》を浴びせることには気がとがめてならなかった。警官には若い人も多い。家庭の事情で大学を断念した人もいるだろうに……と思わずにはいられなかった。

道立札幌北高玄関で早朝ビラを配布中、ひとりの男子高校生から訴えがあった。

「先輩方の行動は尊敬します。でも、このビラは誤字だらけ。どうしてなんですか。こんな……僕だって北大に……」

最後は声を詰まらせる彼を、私は正視出来なかった。

六〇年六月十五日、国会構内で学生と警官隊が激突。重軽傷者数百名。東大生の樺美智子《かんば》さん死亡。翌日の札幌デモには、学生、労働者、一般市民による空前の参加があった。

六月十九日、日米安保改定は、国会で自然承認。二十三日批准書交換で発効。岸内閣は退陣した。

私は自信を失い、怠慢の中でアルバイトと石狩放浪に時を費やした。二年目で留年。自己嫌悪。自分の身の丈にあった道を求めて、児童福祉ボランティア活動に没入していった。しかし、唐牛氏とはいつの日か、必ず①社会運動と個人、②男女問題、の二点で実践を踏まえつつ語り合うことを、心中深く決めていた。ただし、彼は二年後に政治活動を離れ、八四年に四十七歳で他界した（平成二一年二月号）。

二〇　成長⑫

本シリーズも二〇回となった。時々「昔のことをよく思い出せるなあ」と言われる。実は、取って置きの資料がある。中二の正月から書き始めた、ダンボールに三箱の日記帳である。その日記を無性に読み返したくなることも、年に何回かある。自信を喪失したり、過去の自分を確かめたくなった場合が多い。しかし、読み耽《ふけ》った数時間後、大抵は、「ああ、自分は全然変わってないんだ」といった落胆とも、安堵ともつかない感慨で終わるようだ。

今、高一時代の夏休みの日記を読む。

—七月二五日、午後から豪雨。父が出張中で、二階の雨戸を閉めに行き、ふと書棚の新潮文庫『破戒（島崎藤村作）』を手にしてページをめくる。ところが止められなくなり、下に降り本腰を入れて読み進む。夜一〇時頃、あと数ページの所で停電。豪雨と落雷のため回復せず。諫早大水害の日。県内の死者行方不明者七八二人。

当時の読書ノートより感想文の抜粋、原文のまま記してみる。

「人は生まれて生きて生活し、すべて平等のはずだ。それなのに何故このような事がおこるのであろうか。同じ人間なのに。（中略）部落の人に心から同情をおぼえ、その人達を、自分の利益のために、よってたかっていじめようとする人達と、何も考えずに、ただ排斥しようとする人々の無知に、心からのにくしみ、怒りと情け無さとを覚えた」

その後、市内高校生の仲間十余名と一週間、水害の後始末のため市役所防疫班に加わり、トイレ、下水を消毒して回った。

—八月四日、同じく父の書棚より、岩波文庫『人形の家（イプセン作・竹山道雄訳）』を読む—

以下、感想文抜粋。

「最後のヘルメルとノラの会話のところになって、なるほど彼等の生活の中に、二人が真面目に話し合うところがなかったなと感じた。つまり、なるほどノラは人形であったということである。（中略）ヘルメルには、なるほど、真実さが欠けていたかもしれない。しかしこんな型の人は世の中に多いのではあるまいか。ノラが家を出て行く時には、彼にあわれみをいだいた。……でも真実が大切だと本当に思う。我が家も人形の家であってはならない」
―八月一二日、島原図書館で新潮文庫『蟹工船（小林多喜二作）』を読む―
以下、感想文抜粋。
「まったく悲惨。鬼のような監督浅川。しかし作者の一番非難したい人物は、浅川でなく、この会社の社長――労働者を、生死の苦しみに追いこんで、うまい汁を吸っている人間――それから、この利己主義、とほうもなく大きく、そうしてそれを正しい事だとしている思想。それに甘んじて、ただ苦しんでいる人間、労働者達だと思う」

さて、前述した唐牛健太郎氏に関して、残念ながら、私はそれ以上のことを知らない。ただ一度、「安保闘争時に唐牛氏ら全学連主流派は、『敵』であるはずの右翼田中清玄氏から、裏で資金提供を受けていた」というニュースが伝わり寮内が騒然となった。私は信じられず、ただただ悲しかった。いつの日かその理由を問いただすつもりでいた。

読書家で文学好きだったらしい唐牛氏は、当然、『破戒』や『蟹工船』を含む、私の何倍もの書を読破していたに違いない。人並み勝れて正義心が強く、感受性豊かな彼は、行動を伴わない「曖昧さ」を自分にも他人にも許せなかったのだろうか。それは今も私の欠点のひとつだが。

しかし彼は『人形の家』は読まなかったのかもしれない。もちろんこの書の読書が全てではないが、女性差別という根深く基本的な問題への認識の浅ささも、彼の人生をやや萎《しぼ》ませたり、汚したりしたのではあるまいか。今にして思うことだが（平成二一年三月号）。

二一　成長⑬

これまでに私が経た職業は、在職一か年以上に限っても、五つある。それぞれに生活上の必要と、自分なりの突き詰めた思いとがこもっている。

妻の看護と息子たちの子育てとは、十一年半の大津市での学習塾自営期間と、大体重なっていた。その前も中学生学習塾で英語講師を勤め、かなり厚遇された。しかし、経営者の方針と対立した。

たとえば、小学生の塾通いに私は絶対反対で、塾長にも小学生部の廃止を勧めたが、相手にされなかった。「それくらいで……」と笑われそうだが、私にとっては重要だった。だが自営に踏み切った理由には、妻の病勢と長期の子育て予想から、自分の自由になる時間や条件をどうしても確保しておきたかったという事情もあった。

教材を届けてくれた宅配のおじさんが、「世界塾とはスゴイ名前だねえ。一度聞いたら忘れられんよ。あっはっはー」と大笑いしたが、地球でなく「世界」としたところに、自分なりの思いを込めたつもりだった。人間が作るもの、人間の努力によって変革可能なものという意味合いである。

開塾時、大津市のほぼ全戸に、我が「大学受験世界塾」の広告を配布した。挨拶文の冒頭に次の字句がある。

「学習塾は受験戦争という社会矛盾の上に成立しています」

その原稿を読んだ知人からきつく叱られた。ふざけなさんな、奥さんや子供さんのことも少しは考えなさい、と。私もかなり迷った。結局、妻に読んでもらった。彼女は手術後二年目で、まだ元気だった。

挨拶文に目を通した妻に、「どうだい？」と問うと、「いいことが書いてあるわね」との返答だったが、その瞬間、結婚を決めた時のことが脳裏に浮かんだ。結婚決断のため最後に職場を訪問し合うことにした。彼女の勤める電算機基盤製作の下請け工場へ行った後、私の職場、東京都清掃局の事業所に彼女がきた。

当時、東京二十三区の四分の一のし尿を扱い、一日延べ四百五十（八百？）台のバキュームカーが出入りした現場である。地下に巨大な貯留槽があり、硫化水素などの有毒ガスが立ち込め、我々作業員控室の机上に十円コインを置くと、本当に十数分で変色した。すでに充分彼女を信頼していたが、この職場を見て結婚をためらう場合もあるのでは、といった不安も少々あった。彼女は、しかし、臭気の漂う中で表情も変えずに、そっと汚れた作業服姿の私に寄り添ってくれたものだった。

作業員控室では、初対面の私の同僚たちと屈託なく、口を思い切りあけて笑いながら言葉を交わした。正直、これには参った。様々な人生の起伏はあっても、この人ならば人間の深い部分で裏切るようなことは決してあるまい、と直感し、結婚を決めた。

たかが塾の広告文、生徒募集するなら、それに徹せよ、というのも正論。しかしその時、この返答で彼女が全く変わっていないことに気づき、心が晴れた。

さて我が世界塾、思い切りやらせていただいた。三年目に「受験勉強は高二からで充分」と結論。高一クラスを廃止。「十人越えると複数講師」も厳守。アシスタントは卒塾の大学生。「英語中心の一教室主義」を貫き、業務拡張なし。ポイントは「授業中私語厳禁」「基本事項暗記の徹底反復」で例外を許さず、サボる者は本当に退塾させた。そのかわり同一生徒と一日数時間付き合い、十一年半の間、妻の他界前後の数日以外は休塾日ゼロ。現役合格約八割。この間、三百名近い卒塾生に記念の書『ベートーヴェンの生涯（ロマン・ロラン著）』（岩波文庫）を贈った。

だがいつも疲れて帰宅し、息子たちには仏頂面《ぶっちょうづら》で対してしまった（平成二一年五月号）。

二三　反抗①

妻の他界後、息子たちは私のワンマン親父ぶりにも耐えて、頼もしく成長してくれた。口には出さなかったが、それは私の誇りだった。当時としては、私の有する唯一の誇りだったかもしれない。しかしそれで私は満足していた。特に兄は、何かにつけて私を支えてくれたし、陰に日向に弟を助けてくれた。

その兄が大学二年（東京の私大）の春、突然、「好きな女性が出来たので同棲《どうせい》する」との便りをよこした。私は本当に一生でも初めてと思えるほど驚き、我を忘れて怒り、うろたえた。それまでの苦労が水泡に帰したような気分に打ちのめされた。そして底知れぬ不安に襲われた。何としてでも、親子断絶を賭けてもやめさせるつもりで、速達を送り、時間を決めて長距離電話をかけた。

次文は、その際の電話録音より、四十分余の内容を短縮して記す。

『今までずっとお父さんの言う通りしてきた、ハッキリ言って。反抗してお父さんに逆《さか》らったことなんか全然なかった。それで今度もまたお父さんの言う通りにするなんて、おれ、ハッキリ言っていやだ。何でって、ずっと、大学に入ったら、もう、お父さんの言う通りにはしないと決めていたから。勝手だけど、おれ、お父さんほど立派な人間じゃないから、そんなに、分かんないけど、何で全部お父さんの考えに全部従わないといけないのかな』

——だから恋愛をやめろとか、Kさんと付き合うなとか、そんなことは言ってないだろ。

『それは分かってる。でも、だめ。おれ、お父さんが反対してもやるよ。速達で大津に来いとか言って、ああ、もうやめさせようとしてるんだなと分かったけど。でも、もう、別におれ、お父さん、親子断絶するとか言ってるけど、断絶されてもいい。いいって言ったらおかしいけど、それくらいの覚悟はあるから。それに断絶しても、意味がないと言ったらおかしいけど、何か別に、悲しいだけじゃないか』

——これまでの二十年近いというか、親子の関係は何だったたんだ。

『だってお父さんが言い出したんじゃないか。おれは絶対そんなことはしたくないよ。M(弟)だって……いるし。おれ、お父さん好きだし、お父さん、尊敬してるよ、一番この世の中で。

そうじゃなかったら、そんな……、少しぐらい反抗したり、普通するよね。全然なかったんだよ。それ普通じゃないよ、ハッキリ言って』

――たとえばどんな面で……。

『すっごい細かいことにも全然反抗しなかったでしょう。たとえば、おれ、いやだって言ったことある？　疲れてる時とかも、何か、どっか買い物行ってこいとか言われて、どんな忙しい時でも、いつでもお父さんの言う通りしてたんだよ。全部だよ。……だから、お父さんに反抗してみたかったっていったらおかしいけど、絶対、逆らってみようと思ってたから……』

――おまえ、お父さんの立場も分かってくれるか。

『分かるよ。そりゃ。だって、お父さんの考えで、ずっと、おれ、育ってきたから。だって考え方だって、ほとんどお父さんと同じなんだよ。ねえ、何なの、おれって。じゃあ、お父さんの言う通りにして、お父さんの考えで、一生暮らせばいいの。じゃあ、お父さんの言う通りの結婚相手を選べばいいの』

――勘違いしちゃいかん。だからな、そのセックスの形式だけじゃないか。Kさんと付き合うなとは言ってないじゃないか。

『分かってる』

――お父さんの本当の気持ちから言えばな、大学時代は恋愛するなって言いたいんだけどな。

『何で』

――お父さんのエゴかもしれんが、学生は学業が先だから。……私の考えとしてはな、セックスなんかは、やっぱり、結婚の後のことだし認められない。と言いたいところだけど、そうは言ってないでしょう。

『でも……、そんな、別に、じゃ何で大学の時に恋愛しちゃ、何でいけないの』

――いや、恋愛してもいいけどね。勉強のほうが先だと思うし……、それは認めるだろ。それから、セックスのこととか言うのは、やっぱり一生を規定する問題だし、子供でも生まれたら本当に、あの、最後までな、絶対に責任を持たなきゃいけないことだしな。

『ああ』

――だからそれは慎重に、というか、まあ私の本当の気持ちは、プラトニックラブであって欲しいというところだけどな。だからな、そりゃ、お父さんの言う通り生きてきたんじゃないか、とも思うし、申し訳なかったと感じる点もあるよ。あるけど、まあ私も、父親だけでなく母親代わりもしようと思ってたしな、うまくは出来なかったけど。

『はい』

――大体、東京に放してやったじゃないか。

『それはずっと、それがあるからずっと我慢出来たんだ。大学に入ったら自由にさしてくれるって言ったから、それを思ってずっと、我慢と言ったらおかしいかもしれないけど、そうしてきたんだ。絶対、大学に入ったら一人に、自由になれるんだと思ってきたんだから、それは当たり前。……お父さん、おれ、別にいいよ、反対されても。同棲するから。もう何を言われても』

――……。

『お父さんが、もっと意見したいなら、いいよ、大津まで行っても。それはちゃんと聞くから。でも、聞くけど考えは変えないから。会っても絶対に。それでなかったら、もうお父さんの、本当に一生言いなりになっちゃうような気がするから。いやだから』

――それじゃ、お父さんがいなかったら、同棲なんかしなかったのか。

『分かんない、それは。でも、何かもう悔しいからっていうか……。そりゃ、おれ、分かってるよ。当たり前だけど、全然甘いし、考え方も人生も知らないし、お父さんの言う通りさ。それにきつい経験とかもしてないと思うし、だから分かんないのかもしれない。でも全部お父さんの言う通りにはしたくない。お父さんのロボットにはなりたくない。……ほんとは、こんなこと言いたくなかった。でも、これ、ずっと思ってきたことだったから』（平成二一年六月号）。

二三　反抗②

涙声を交えながらの彼の口調に圧倒され、確かに自分の高圧的な長年の姿勢が彼を追い込んできたのかもしれない、と急に申し訳ない気分に陥った。

私は息子たちを、特に兄を、幼児期から叱り、叩き、従わせてきた。大半は、正しく生き抜いて欲しいとの願いからだったし、妻の他界後は、日常的なマナー習得といった点でも、親としての責任を何とか果たしておきたい、との思いが常に念頭にあった。だが、親の権力乱用や一種のヒステリー的な部分も、確かにあった。

受ける側としてみれば、幼児期はともかく、自我の成長と共に、一旦それらを自分を押さえつける抑圧《よくあつ》的なものと感じ出したら、とことん、もうそれだけで（内容は二の次で）イヤになってしまうこともあるに違いない。そのような体験の長年のうっ積が、彼の胸を圧迫し続けていたとしたら、それはもう耐え難いことだったかもしれない。

いつも明るく頼もしく思われた彼に、そのような心のわだかまりがあったとは。しかもその主因が父親である私自身であったとは。私は息子への怒りと同時に、自責の念をも胸中に満たしながら、苦しんだ。

数日間、五月連休時でもあり、弟の食事やサッカー部遠征などの世話以外は、比較的自由な時間に恵まれた。それまで辿《たど》ったことのない大津の瀬田川河畔にも足を伸ばし、何時間も歩きながら考えた。

兄の同棲を知って、なぜ、それほどに私は激怒したのだろうか。

学生時代、養護施設に週一回宿泊し、寝食、労遊浴を子供たちと約三年、共にした。夏休み、東海道沿いの児童福祉施設を二十か所近く訪ね、主として現場で辛酸をなめてこられた指導員の方々のお話を伺った。

性の乱れから生じる、特にこの場合、子供たちに結果する深い悲しみを目撃した。つくづくと思い知らされた。無責任な性の放縦《ほうしょう》、快楽行為は絶対許せないと、その決意を胸中に固めながら、青春時代を過ごした。

だからこそ、大げさに言えば四六時中、わい談の飛び交う現場労働の中にあり、それらに心をほぐされながらも、結婚まで「女性」を知らなかった。性欲充分の私には、苦しい時もあった。しかし知ってしまった子供たちの深い悲しみを裏切るわけにはいかなかった。ゆえに、その（無責任な性の）一典型と思われた「同棲」も許し難かった。結婚後、多少は変わったが、基本的に私はその流れの中にあった。

またその折は、「金欠台風」襲来といった状況下にもあった。兄が府立高校二年の秋、「金がないから、大学を受験するなら国公立に限る」と、のどまで出掛かった言葉を呑み込み、「国公私立どこの何学部でもよい。ただし学費は親が出すが、生活費は全額アルバイトと奨学金で賄《まかな》うこと」と申し渡した。父子家庭の中で精一杯生き抜いてくれた彼らに対する最後の贈り物のつもりだった。

二人とも私大に進み、約束通り、生活費はすべて彼らが自力で賄った。ところが情けないことに、親の方が学費を支弁《しべん》する能力に欠けていた。これまで書いたとおり、当時、私は大津市で高校生対象の小さな学習塾を自営していた。頑張ったつもりだが、兄の二年生前期学費納入期に早くも行き詰った。思い余って亡妻の残した記念の貴金属類を質屋に運んだが、予想の十分の一ほどの付け値に、心を凍らせながら、断って店を出た。

結局、僅かばかりのプライドをかなぐり捨てて、知人に借金を頼み込み、何とか京都の銀行から学費を払い込むことが出来た。ちょうどその日帰宅すると、兄からの「同棲宣言」の手紙が届いていたのだった。

付記すれば、妻と別れて当時五年、この間に再婚話もないではなかった。しかし、息子たちのことその他を考え、具体化する前に身を引いていた。それは全く彼らの責任ではないことだが、そのような状況（あるいは性的なことも含め）も、私の「深層心理」に残っていて、心が弱くなると顔を出したりした。

正解は分かっていた。どのように親子関係が緊密であろうとも、子供は親の私物ではない。それを取り違えたら、それこそ一生に悔いを残すことにもなりかねない。だが被害者的な気分の中で心を決めたくはなかった。

瀬田川の南郷洗堰《なんごうあらいぜき》付近の人のいない川べりに腰をおろし、水の流れを眺めていた。すると時々、水面に黄色の花びらが浮かんできた。水辺に自生する野の花を小さい子供が手折《たお》って流しているのだろうか。その情景を探して顔をめぐらした時、何の脈絡《みゃくらく》もなく、我が家の壁の古い写真が思い出された。それは結婚前から私の部屋の唯一の飾りである仏像の写真だった。

京都太秦《うずまさ》広隆寺の弥勒菩薩《みろくぼさつ》。おそらく日本でもっとも有名なこの仏様に初めてお会いしたのは私が二十二歳の夏で、柔和で上品な美しさに魅せられて、しばらくはその前を動けなかった。その写真を飾って数十年、子供たちにとっても、それはささやかながら人生の一部となっていたことだろう。

花弁から仏様を思い浮かべた時、ようやく私の内部で気持ちの整理がつき始めていた。あの長電話（前回）で、問題の核心は、同棲ではなく、親子の関係にあったことを、私は愕然《がくぜん》として悟った。すなわち同棲の良し悪しといった部分を越えたところに、本質的な問題点があった。そして彼の方が正しかった。彼は自立の「関門」を見事にくぐった。だがそれは親である私にとっても、人生において意味のある「収穫」ではなかったのか。

これは妻との結婚を通して学んだ最大のポイント、彼女が「仕事は一生続ける」と宣言し実行したこととも似ている。真の愛情は支配したり、拘束したりするのではなく、相手の人間的発展を助け、喜び合うところにある。そのことを、私は妻から、そして息子から学んだのだった。

同棲について、現在は「責任を持ち、高め合う関係ならば、認められる」との意見を私は持っている。

なお、彼は相手のご両親の了解も取り、私にも彼女を引き合わせたりしたが、互いの考え方の違いを認め、一年未満で同棲を解消した（平成二一年七月号）。

二四　反抗③

これまで「反抗」と題して、息子（兄）の場合を記した。しかしそれは「反抗」と言うよりは、むしろ「自立」と表現した方が適切だったかもしれない。

誰もがその成長期に「反抗」あるいは「自立」の時を迎える。それは、個人により、親により、周囲の事情によって、内容的に、時間的あるいはその激しさにおいても、千差万別であるに違いない。しかし親は我が子の成長期に反抗がひとつの必然であることを覚悟しなくてはならない。

では私自身はどうだったのか。簡単に述べれば、父は明治の厳父であり、「反抗などとんでもない」といった雰囲気が家中に充満していた。反抗するだけの勇気もなかった。

ただし、高校時代から、親には心より感謝しながら、だが、一日も早く親元を離れたいと、その願いは日に日に強まる一方だった。県道（現在の国道二五二）に立つと、「この道をどこまでもどこまでも、家には決して戻らず、ひたすら歩き続けたい」と、どれほど強く望んだことか。その思いを、私は誰にも伝えることなく過ごした。戦後の時代、生きていくだけで精一杯だったあの時代、そんな我がまま、あるいは贅沢《ぜいたく》は口に出すだけで申し訳なかった。

でも結局、親の意向に添わずに北海道（北大）へ飛び出したのだから、当時としては自分が大変恵まれた人間であったことは、言うまでもない。

さて、話が少々それたが、弟の場合はどうだったろうか。

彼は京都の私大に入り、自宅からでも通学可能だったが、「家から通うか、下宿にするか」と尋ねると、「下宿するわァ」と言うことで、下宿に決まった。その方がやや内気な彼にとっても良かろうと私も思った。実は少々寂しかったが。幸い、月一万五千円也の格安アパートも見つかった（前にも書いたが、学費以外の一切は兄弟とも、本人持ち）。

しかし彼が家を出て本当に良かったのは私の方だったかも知れない。一人でゆっくり考え直す機会に恵まれた。それまで逃げてきた、故郷の老母や心身を病む姉の問題と直面することにもなった。

ところで、弟の学生時代について具体的にはあまり知らない。初めの転居を手伝っただけで、私は入学式から卒業式まで、一度も大学には顔を出さなかった。これは東京で学生時代を過ごした兄の場合も同様である。それまで、保小中高の入学式卒業式を始め、学校行事には皆勤（多分）したのだし、大学生には「大人」としての「待遇」をと考えたからだが、一緒に祝おうとする方々の親心も理解出来ないではない。

さて、大学四年、いよいよ社会への旅立ちを決める時がきた。兄の場合は五月に内定したものだったが、弟からは、京都の葵祭《あおいまつり》（五月）が過ぎ、盛夏を迎えても、何の情報も伝わってこなかった。焦らせても気の毒とは思ったが、電話のついでに「学部の友達はどうだ。少しは就職が決まったか」とカマを掛けると、「ウーン、ほとんど内定したかなあ」といった具合で、なるほど「親の心子知らず」である。

京洛に紅葉が静かに散り敷く頃になると、そろそろと私も不安になってきた（フツーの親であることを再認識）。兄に電話しても「任せるしかないんじゃない」と言われ、「そうだ、任せるしかない」と答える、その反復でいつも終わった。

その状態がなんと三月まで続き、卒業式も済んで一週間後、やっと弟から一通の手紙が届いた。封筒のふちが赤白青のカラーテープで飾られていて、どことなく人を惹《ひ》きつけるところがあった（平成二一年八月号）。

二五　反抗④

弟の大学卒業式の一週間後、やっと彼から一通の手紙が届いた。なぜか封筒のふちが赤白青三色のカラーテープで飾られていた。

三色旗（トリコロール）の手紙（原文のまま）

―歳月は人を待たず、とはよく言ったもので、卒業式もぶじ二一日に終え、昨日は大学で一番仲の良かった兵藤くん、今日は藤本くんと、京都からのサヨナラをしました。卒業式後は、仲の良かった九人で酒を飲み、いい思い出となりました。遅れましたが、祝電をありがとうございました。電話をしようと思ったのですが、自分の現状にいささかとまどっているため、電話ではうまく言えないので、手紙を書くことにしました。とは言うもののどう書けばいいのやら、おばあちゃんからは「お祝い」もいただき、お父さんはじめお兄ちゃんも心配している中、本当に申し訳なく思っています。

しかし一言で言えば自分に納得がいっていないのです。確かに生きていくためには、自分が嫌であっても働かなければならないし、もし少しでも自分の興味関心がある仕事につけば、そこから世界が広がってきて、たとえ、失敗しても、それを上まわる何かがつかめると思います。……でも、しかし、とくる自分がいます。そんな事はやってみなければ分からない、と自分に言い聞かせながら、一方で解答の出ない問題を考え続けています。ここ半年いや一年ぐらい自問自答し、結局いまだ答は見つかりません。

先日、テレビのニュースで、インドネシアの学生が物価の値下げを要求したデモをしていました。ライフルを持った軍人に囲まれていても、学生の生きた目の確固たる自信、生きている自覚、をまざまざと見て、熱くなりました。どんなに豊かになろうと、いま、世界に飢える人々が存在していることだけは忘れるな、とお父さんが言った事は、自分の生きる上での基本概念ともなっており、一生、自分の心に植えつけておくつもりです。

自分が自分の手によって始めなければ何も起こらない事はわかっています。このように書いていても、自分でも、何を考えているのか見えてこず、お父さんにも伝わりにくいと思います。とにかく、自分に何らかの整理、ふんぎりをつけ、一歩また一歩をつみかさねていくつもりです。それまで勝手ですが待ってください。お願いします。

おばあちゃんや、お姉さんに気をとられて、お父さん自身の健康管理を怠らないよう十分気をつけてください。大学生活四年間、学費をどうも有難うございました。いろんな人に逢い、会話し、共感し、感動しました。教科書に載っていない勉強ができました。本当に有難うございました。

その日の私の日記より（一九九八年三月二十九日・島原に転居して二年目の終わり）

―毎日気になっていたのだが、昨日、弟から手紙が届く。これまでの彼のイメージを一変させるようなしっかりした内容。夜、兄に電話し全文読んでやると、「驚いたね。立派だね。ここまで考えているとは思わなかった。何より嬉しいね。普通の就職した連中よりずっと立派だと思うよ。お父さんも教育のし甲斐があったね。四年間の学費もムダじゃなかったね」などと言う。

確かに感謝すべきはこの父親かもしれない。ワンマン手抜きの父親だったのに、特に弟は母親の死後、小六でどれほど寂しくつらい思いを重ねてきたことだろうか。私は一応自分の信念を通してきたつもりだが、子供たちにとっては「楽しくて優しいお父ちゃん」などでは決してなかっただろう。それなのに、よくぞここまで人間的成長を遂げてくれたことだ。有難うよ。またそのことを電話で一回聞いただけで、見事に感じ取ってくれた兄にも同様に感謝しよう。

健康、収入、怠け心など不安はあるが、ここは全面信頼、無条件で任せるしかあるまい。何も文句をつけないことが、最大の親心といった場合かもしれない。妻の他界から十年半、君たちは見事に自立していくようだ。ここらで「親業」も降りる時だろうか。

私から弟への手紙（たまたま見つかった「下書き」より抜粋）

――三色旗で飾られたお便りを有難う。何度も読み返してみました。考えていることが率直に述べられてあったので、とても嬉しく思いました。

君の問いかけに対する私の返事を、まず書いておきましょう。

「就職のこと、また将来の選択は、全く君の自由です。安心してゆっくり考え、迷い、時にはつまずきながらも、自分が納得のゆく道を歩き続けてください。ただし、言うまでもないが、経済的には完全に自立することを忘れないで」以上です。

この手紙を読んで、私は本当に嬉しく感じました。実は、卒業したら早いとこどこかに就職して、ひとまず落着いて欲しいものだ、それが本人のためであり、親としてもホッと安心できる……などと考えていました。

しかし君は、より深く自分や人生に対して思いを致していたのですね。いつの間にか私のイメージを突き抜けて成長してくれた息子の姿に、私は誇りを感じています。

これまで私自身、世間の常識（？）を破って、散々周囲の人たちを心配させてきました。そのくせに、その自分もやはり世間並みの親だったんだなあ、と何かおかしくもありました。

君の真摯《しんし》な姿勢に教えられました。有難う。


本連載も今号で二五回となる。母親との別れから始まり、息子たちもシリーズの中で成長していった。だが、これ以上彼らの人生を具体的に公表することは、許されないかもしれない。次回からは「子育て日記」の私なりの結論を何回かに分載し、シリーズを終了させたい。

ところで本文中、弟の手紙には「どんなに豊かになろうと、今、世界に飢える人々が存在していることだけは忘れるな」と私が言った、とある。確かにその言葉を私は子育て中に乱発した。しかしそれは、①だから人間全体の責任において飢えをなくすべきだ。というだけではなく、②だから人類全体が救われる可能性も残されているのだ。という意味のつもりでもあった（平成二一年九月号）。

二六　三つの共育①

二五回に渡って、「男の、子育て日記」をお伝えしてきた。読み返してみると、その時、その場面での、息子たちや旅立った妻の声や表情が、新たな光の中によみがえってくる。思い出のひとつひとつは、人生が残してくれる「宝物」かもしれない。しかしそこに埋没するだけでは、先に進めない場合もあるだろう。そのことを、息子たちも私に促しているようだ。そろそろこのシリーズにもまとめをつけたいと思う。

タイトルに用いた「三つの共育」の「共育」という言葉は、多くの方々が使用されているようだが、私が初めて目にしたのは、以前、島原半島の有家コレジヨホールでも講演された、評論家の落合恵子さんの文中だったと思う。

失礼なことを書くようだが、彼女は才女で切れ味のよい舌鋒《ぜっぽう》の持主、しかしどこか冷たくなじめない人、といった印象を私はもっていた。しかしその講演で、母一人子一人の家庭に育ち、共同アパートのストリッパーのお姉さん方の人情にも影響されながら成長した経歴を知り、親愛感を抱いた。

さて、落合さんの強調する「共育」は、私の述べる「三つの共育」の一番目に当たる。即ち「子育て、教育においては、母親や教師だけでなく、父親、家族、地域も参加し、共に育てることが重要」という意味である。

特に、落合さんは、「家庭での、父親の具体的な育児分担」を主張されていたようだ。昔は「男は外、女は内」といった性別役割分業が固定化し、それなりに社会全体が動いていた。家族構成も異なり、母親以外に、たとえば祖父母、多くの兄弟姉妹といった、母親に代わる子育て担当者もいたし、ご近所にも、日頃から子育ての同伴者がおられたようだ。また父親も、多くは農業者や中小商工業者というように、子供たちの比較的身近に仕事場があった。だから子供も「父親の背中を見ながら育つ」ことが、直接的に可能だったのだろう。

ただし、そのような一見整然として秩序だった社会は、多くの場合、女性の社会進出が許されない、家庭内での夫婦対等が認められない、男女不平等の、差別社会であったことも忘れてはならない。

現代、父親が育児分担することは、ある程度実現してきている。そのような家庭の方が、子供が生き生きしている、と私には思える。何より、母親が明るい。だから子供の表情も明るい。やがては親や高齢者も大切にする暖かな人間が育つことだろう。

勤務条件などで不可能な場合もあり得る。どうしたら良いのか、などと問われても答えようがないが、子供に事情を丁寧に説明することは出来ると思う。繰り返せば必ず分かってくれるし、かえって物事を深く考える人間に成長してくれるかもしれない。

私の場合、中途から母親不在で、残念ながら「共育」とは言い難い。しかし彼女が生きていた期間、仕事に、通信教育に、日常生活に、心の炎を燃やしつつ頑張りぬいた姿は、息子たちに深い影響を与えたに違いない。私も、時に妻の糞尿にまみれながら介護から逃げなかった。彼らが長く私に反抗出来なかった真因は、その辺にもあったことだろう。

息子たちが家を出た後、生協牛乳取りは私がやった。牛乳置き場の前の道を、初老の婦人が時々掃いておられた。晩秋の朝、大きな落葉が路上に積もっていた。

「これは何の葉っぱですか」と尋ねると、「同じことを、以前牛乳取りにきていた坊やたちにも聞かれたものですよ」と微笑まれた。地域の共育力にはいつも包まれていたと、しみじみ思う（平成二一年一二月号）。

二七　三つの共育②

私たち家族四人が京都府亀岡市に転居して間もない頃（一九七九年）、近くの市立図書館が建て替えられ、蔵書数も増えた。そこでありったけの絵本を借りまくり、父母交代で夕食後に読み聞かせた。子供たちが保育園児から小学一年生にかけての頃で、彼らの歓声を交えながら、安らぎに満ちたひと時をゆったりと味わうことが出来た。

そうしたある日のこと、帰宅すると待ってました、とばかりに妻が私をつかまえて離さない。その日は時間の都合がよく、彼女は早めに図書館へ行ったそうだ。ある大判のグラフ雑誌をパラパラとめくっているうちに、何枚かの写真が目に入り、涙が止まらなくなってしまったとか。

数日後、私も手に取ってみた。一瞬、息を呑んだ。それはアフリカの乾燥地帯で飢餓にあえぐ人々の群像であり、特に、ぱんぱんに張らした腹部に、枯れ木のような手足をつけた全裸の子供たちの姿だった。妻は「うちにお金はないけど、少しでもカンパしなくちゃ」と、もうその気になっていたが、私は少々ためらった。国際カンパや支援活動が、独裁政府や特権官僚、悪徳商人などの私腹を肥やしたり、内戦の首謀者たちを助ける場合も多い、と聞いていた。日本のＯＤＡ（政府開発援助）などにもそれらと関連して問題がありそうだった。

しかし妻の真剣さに負け、結局、犬養道子基金、また民主団体のＡＡ連帯委員会などを通じ、「飢餓救済以外の使途は絶対お断り」の但し書きをつけて送った。六、七年後の妻の他界の際の「香典返し」にもそれを用いた。

さて私の考える「共育」の二番目の意味は、「世界中の人々と共に育つ」ということだ。子育ての出発点で、私たちは「他人の痛みに無関心な利己的人間にだけは絶対なって欲しくない」と切望した（本シリーズ四）。有難いことにその望みは叶えられたように思える。

これまで記してきたように、幼児期にはビシビシと叱った。反省もあるが、実際にかなり手も出した。妻の闘病期（息子たちの小学時代と中学時代前半）には、妻も私も必死で、裸の人間性を息子たちの前にさらけ出した。さらに彼らの中学後半から高校時代、ちょうど視野が家族友人たちから、限りなく世界にまで広がろうとする頃、社会主義国崩壊の国際激動期が到来した。

正直に言って私は困惑した。私自身はかなり晩生《おくて》で、（前述のように）大学一年で安保闘争の渦中にあり、デモにも少々出たが、実は確信がなかった。早々に逃げ出し、怠慢な生活に埋没し、石狩の自然に身をゆだねた。だがその後、逃げ込んだつもりの児童福祉ボランティア活動の中で、逆に教えられた。子供たちを真に愛するならば、薄倖の子らを作り出す社会の大きな仕組みに切り込まなければならないと結論、何年もかかって社会主義に到着した。ところが、その理想の社会主義国が崩壊しかけていた。高校生となった兄は、真正面から私に質問を浴びせてきた。つらかったが、自分の誤りも含めて、私は率直に答えたつもりだ。結局、資本主義が国家と結びついて二つの世界大戦を引き起こしたのと同様に、社会主義も国家と結びついて人権の多面的抑圧を結果したと言えそうだ。国家でなく全人類を主人公とする方向にしか地球を救うものはなさそうだ。

妻の提案で飢餓カンパを始めた頃から考え続け、私は「世界の根本問題は飢餓と戦争」という自説にたどり着き、中高生時代の兄弟にも熱っぽく語った。

子育ての鍵は、幼少年期は親や大人たちの人生態度に、青少年期には社会、世界とのつながりにありそうだ。即ち、子供たちは「世界中の人々と共に育つ」べきなのだ。

坂本竜馬を始め、明治の先覚者は「藩」でなく「国」を求めて新時代を開いた。今こそ「国」ではなく「世界」を基準とし、若者の夢を育み新世紀の幸福を開く時ではなかろうか（平成二二年一月号）。

二八　三つの共育③

息子たちにとって一番つらかったのは、母親の容態が次第に悪化し、頼ったり甘えたりすることも、少しずつ、やがては全く、出来なくなっていった頃だろうか。それとも、人間としての機能を徐々に失い、やがては下《しも》の始末も不能となり、それを自覚できず、おまる（ポータブルトイレ）の上で下半身を露出したまま、ただ薄笑いを浮かべる姿を目にした時だろうか。

あるいは歳月が悲しみは風化させてくれても、寂しさは、時としてなお耐えがたく胸をおそうのを、夜空の下で繰り返し噛みしめたりした折だったのだろうか。

妻の他界後、父子三人は毎週、近くにある墓所にお参りに行った。その寺は小さいながら、老和尚の丹精込めた牡丹が春には咲き誇り、地元では有名で「牡丹寺」の異名もあったらしい。花好きの妻は生前、和尚とも親しく会話する間柄となっていたようだった。

妻の墓所は、島原の菩提寺にとも考えたが、まだ小中学生の彼らの、これから続く寂しさ、ひとり眠る妻の孤独を思い合わせて、近くに設けることを決めた。

実は妻が旅立ったその日、私は京都日赤から遺体と共に戻ると、なけなしの現金を入れた封筒を手に、ほとんど初対面同様の和尚を訪ねた。私は必死だった。申し訳ないが、この金額しかお布施は差し上げられない。何とかこれで葬儀、戒名、納骨などを引き受けては下さらないか、と畳に額をつけて頼んだのだった。

老僧（故人）からは、その後、いつも息子たちに暖かい声をかけて頂いた。彼らも「あんな和尚さんを高僧というんやな」とか生意気なほめ方をしていた。

週一回の墓参は、私の勤務の都合もあり、夜が多かった。十時半頃、裏門鉄扉を乗り越えて境内を伝い、妻の墓に参ったものだ。線香のか細い灯の前で墓標に手を合わせたが、私たちはいつも無言だった。何か口にすると泣き言になる恐れもあったが、それ以上に、無言の方が深い思いに各自で浸れるような感じもあり、その方を好んだ。

しかし私は、時々、手を合わせる彼らの表情に目をやっては、胸を熱くしていた。兄の中高時代、弟の小中高時代、三人揃ってのお参りは四年半、その後は二人で二年間続いた。弟も大学に入り亀岡を出た後は、私がひとりで妻の墓所に通った。

さて、この子育て記録の陰の主役は、言うまでもなく妻である。その生き様が息子たちに及ぼした影響は計り知れない。彼らは、生き生きとして素敵な母親から、崩れ行く生身の人間像までを、そのまま眼前にしなければならなかった。幼い彼らには残酷すぎたかもしれない。それを思うと、今なお胸が疼《うず》く。

しかし当時の私にはそれ以外に道が見つからなかった。どうか体験を心中で醸成《じょうせい》し、やさしく、より深い人間理解、行動へとつなげて欲しい。それが私の願いだ。

ところで、タイトルの「三つの共育」の③に触れておきたい。私の考える「共育」の三番目は、「育てる者が共に育つ」ということ。それは親でこそ味わえる特権、子育てに関わった者たちの自然な思いだろう。同じ町内で妻の友人だったSさん（共働き）の洩らした言葉が今も耳元に響く。

「ほんまに子育てというより、親育ちやなあ」と。

子育ての苦労と歓びが伝わってくるようだ。

「磨こうとして、自分が磨かれる」関係は様々な折にあった。たとえば電車中でお年寄りに失礼する拳法部の大学生に詰め寄った時（本文・四）には、息子が同乗していた。日頃「見て見ぬ振りはするな」と教えていた自分が沈黙する訳にはいかなかった（平成二二年二月号）。

二九　息子たちへの手紙①

息子たちが社会に出る前後に話したり、手紙に書いたりしたことを、三回に分けてご紹介し、本シリーズの「結び」とさせていただきたい。

①は、人間の「輝き」といったものに関して。②は、照れくさくて、彼らにはほとんど話さなかった父親（私）の失恋日記。そこで考え始めたことについて。③として、一見子育てとは無関係そうだが、若者には最重要の人生課題、と私が信じる戦争について。親しい方の実話からお伝えする。

お母さんの葬儀の日、予想をはるかに上回る、二百五十名ほどの方々が参列された。肩書きのある方は皆無に近かったが、それぞれに深く悲しんで下さり、「短かったが、充実し、輝いた生涯」といった趣旨の評価を頂いた。

せっかくの機会だから、お母さんの生き様といったものを静かに振り返りつつ、「輝く」とはどういう意味なのかを考えてみたい。

一般に能力を発揮した人、特に悪条件下で、精一杯努力した人には賛辞が贈られる。ただし、それも内容次第だろう。

ちょっと大げさだが、リンカーンとヒトラーを考えてみよう。二人とも貧しい家庭に生まれながら、一国の指導者にまでなったのだから、その人生は輝かしいものだったと言えそうだ。その側面だけを取れば、両者にはあまり変わりがない。

しかし、リンカーンは「肌の色は違っても、人間は皆兄弟」と唱え、ヒトラーは「自国（ドイツ）民の優秀さを保つためには、他民族を犠牲にしてよい」と信じ込んでいた。二人とも信念を政治的に実行し、多くの人々の生死までを具体的に左右した。

リンカーンが嫌いでヒトラーを崇拝する人も存在する。しかし、それはかなり例外的で、圧倒的多数はその逆に違いない。

人間の「輝き」にもいろいろあるということだ。その輝きが、狭い範囲のものでしかなく、利己的である場合、それは深く暗い陰を伴うことが多い。

たとえば、優秀な頭脳を備え、兵器メーカーで高性能兵器を開発し、会社に巨額の利益をもたらしたからといって、それは真の輝きでは全くない。せいぜい、血の色を帯びてめらめらと燃え上がる、地獄の業火《ごうか》の輝きといったところだろうか。

この例は極端かもしれないが、実はこの手の「輝き」が意外に多い。私は高校生学習塾で十年ほど教えたが、大学合格が多くの場合は利己的人生の再生産でしかないことに、悩まされ続けた。輝きは他人を蹴落として始めて達成される場合も多いのだ。

お母さんの場合はどうだったろうか？

まず、個人的な能力は開花出来たか。一応「イエス」としてよいと思う。限られた時間の中で、精一杯燃えた。病気の再発の兆候がまだほとんど見られなかった頃、「人生、面白くってたまらないわ」と、ふと洩らしたこともあった。とても幸せそうな表情でね。

次の問題、自分はよいとしても、他人の人生をも幸せにする方向だったか、その逆だったか。重要な視点だが、それも大丈夫と思う。お母さんは人類全体の平和を愛し実現する方向に、常に自分を置いてきた。

手芸やお花、テニスといった趣味分野でも張り切っていた。平和運動にも地味だが頑張った。核兵器廃絶の署名用紙を持って歩き回っていた。

他界の二年前の夏、「戦争展」の受付で、訴えの紙を配ろうとしたら、手から自然にハラハラと落ちてしまった。それが病気の「再発」を悟った時だったりした。新聞に米ソ核軍拡競争の記事が載ったりすると「人間、何のために生まれてきたのよ。バッカねえ」と一人で怒っていた。

では「自然との共生」分野ではどうだったろうか？

彼女は花を育てたり野菜を作ったりするのも大好きだった。野の花、特につゆ草のような可愛い花がお気に入りだった。君たちが幼児の頃、「春をさがしに」とか言って、おやつ持参で河原に遊びに行ったりした。彼女は土手に咲く名も知らぬ花に頬寄せては、実に楽しそうな表情を見せたものだった。

また、お母さんのヨーロッパ旅行の貴重な思い出のひとつは、フランスの農家の庭先で、ニワトリが脚も太く元気いっぱい駆け回っている、そんな光景だったりした。

そのようなお母さんだったから、公害で植物が枯れたり、動物たちが滅んでいく世の中には怒っていた。人間のおごり（人間の利益になることなら、何をしても構わないとする人類利己主義かな）には、いつも心を痛めていた。車を手放した時も、一言の文句もなかった。病気を体験し、やがて歩行も困難となり出した頃、家から駅まで歩くのは、特に雨の日など苦痛だったに違いない。しかしもう自転車にも乗れなくなっていたので、二人で傘をさし、荷物を抱えて歩いたものだ。当時の我が家ではタクシー利用など、「想定外」だった。

以上、お母さんの生涯を思い返しながら、人間の「輝き」について考えてみた。評価の基準に、①能力発揮　②社会での共有価値　③自然との共生　の三点があげられそうだ。お母さんは決して傑出した人物ではなかったが、この三点を自然体でクリアしていたようだ。私たちはこのことを誇りとしてもよい、と私は思っている。

ところで、わき道にそれるが、ヒトラーが登場したので、関連してよく考えることをひとつ付け加えよう。苦《にが》いが、そこには忘れてはならない教訓がありそうだ。

当時のドイツでは、ヒトラーやナチス（ヒトラーを党首として政権を手に入れた独裁政党）だけでなく、私たちと同じ平凡な民衆が、熱狂的な愛国心に燃えてヒトラーを支持し、全く罪のないユダヤの人々を虐殺していったという歴史的事実がある。

そして私だって、偉そうなことを言っているが、もしその場にドイツ人として存在したら、おそらくそうしたに違いない。人間には残念ながら、そのような黒々とした恐ろしい、あるいは弱々しい精神面が、必ず伴っている。この点を正直に認めつつ、なお人間の未来に光を求め、具体的に行動する。そこに一生の課題があるのかもしれないね（平成二二年三月号）。

三〇　息子たちへの手紙②

初恋の人、クミ（仮名）は、老父と私にはさまれて苦しんだ。彼女の人柄の優しさ、愛情の純粋さには、一点の疑いも抱かなかったが、やはり一生を共にする伴侶には、「強さ」も欲しかった。私のような八方破れの人間には何が起こるか分からないではないか。だから彼女には、どうしても自分の意志で私のほうを選んで欲しかった。

一年余かかっても、彼女の決心がつかないので、ついに「私への真の愛があるならば、〇月〇日、石狩原野のA駅に来て欲しい。もし来てくれない時は、それで全てを終わりにしよう」という気障《きざ》っぽい、しかし二人にとっては決定的な手紙をクミに送りつけた。私は清掃作業員三年目、二十代の後半だった。

クミの父親は物静かな方で、戦後の混乱期から不運も重なる中で、懸命に子供たちを育ててこられた。私への嫌悪は、愛娘《まなむすめ》をもぎ取られるという意味合いの他に、やはり私の職業への偏見。大卒のくせに学歴を詐称して、そのような所へ就職する態度に見える傲慢《ごうまん》さ、といった感覚。また社会主義への無理解等々から生じたもののようだった。

その日、深々と雪におおわれたA駅、学生時代、四季を問わず彷徨《ほうこう》した石狩原野の一角にあるその駅に、彼女は現れた。しかし、河畔、原野、街路の雪上で、延々と語り合ったのは、愛すべき年老いた父親のことばかりだった。

「私がお父さんを捨てたら、ほんとにお父さんは死んでしまうかもしれないよ」

このひと言をつき破る力が、計十一時間の語り合いの中から、ついに生じなかった。

白一色の原野を、畑を、道を、二十余キロも歩き通し、夜十時過ぎ、クミの家付近のとある建物の階段に、暗闇の中で、ふたりはよろめくように腰をおろした。寒気と疲労で、これ以上歩き続けるのは不可能に思えた。だがこれで永遠の別れとなるかもしれず、口を開くことがためらわれた。

しかし、クミのほうから口を切った。切れ切れの声で言い出した。

「私、これ以上、お父さんを苦しめたくない。お父さんを選びます」と。

私もうなずいた。黙ったまま二人で立ち上がり、歩き出した。クミの家が見渡せる角の街灯の下で、どちらからともなく立ち止まった。

突然クミが、今までにない激しい口調で、私を真っ直ぐ見つめ、顔をゆがませながら言った。「本当にそれでいいの？」と。私は機械的に答えた、「いい」と。クミは駆け出し、一度だけ振り向くと、自宅の中に消えた。

行き当たった小さな旅館の一室で、夜ふけまで、だるまストーブを真っ赤になるまでごんごん焚《た》きながら、果てもなく自問自答した。

「あの瞬間、クミを引き寄せキスをしたら、それで全てが解決したのではないか。それで二人は永遠の絆を共有出来たはずだ。A駅までやってきたクミは、すでに一生をかける覚悟をしていたのではなかったか。だから、『お父さんを選びます』と絶対に言わせないで欲しかったのだ。……何と鈍感な自分だ。いや鈍感では済まされない。愛を語る資格ゼロの冷血漢め」繰り返し自分を責めた。

翌日と翌々日、吹雪に視界を奪われながら、再び、三たび、石狩の原野を、今度は一人でさまよい、際限もなく心中で反復した。「こんな偽善者、卑劣漢では生きていけない」と思い詰め、本気でクミをさらおうと心を決め、二人分の航空券を購入した。

しかし、どうしても実行できなかった。恋に破れ（自ら破り）、相手を深く傷つけ、自分の愚かさをほとほと思い知らされる中で、北海道から逃げ出した。

やがて雪は消え、若葉が萌えだし、春が移り夏に至っても、一人になるとクミのことで胸中を満たしていた。彼女が優しく家庭的で、いかに女らしさの香る人だったたか、どんな場合でも自分を暖かく包み込んでくれる「妻」としてかけがえのない女性だったかを、雪原での光景と最後の瞬間を倦《う》むことなく再現しながら、反すうした。夢にも現れ、クミがつくってくれる熱い手料理を二人で顔を見合わせながら食べたりしていた。職場にも厳しい状況がありながら、一人になると甘い感傷にふける日々が続いた。

その年の十一月、『ほむらの会』（私が新聞の都内欄で呼びかけて誕生した、若者主体の人生論サークル）では、「女性と男性について」をテーマに集いを持った。発表者の陽子（仮名）は、十九歳の予備校生だったが、臆せず気負わず、思うがままに語り、私は感心してしまった。

陽子は率直な言葉で訴えた。

「人間は皆平等なのだから、特別すぐれた個性の持主から指導を受けたり、あるいは支配されたりするのではなく、みんなで働き、みんなで楽しめばそれで幸福ではないか。もっとみんながやさしくなり、ごく限られた範囲内で愛し愛されるのでなく、みんなでそうしたらよいのではないか。そうなれば、すべてにホッとし、もっと世界がやさしくなるのではないか。太陽の下をみんな裸で歩けるような世界こそ、万人に救いをもたらすものではあるまいか。特に女性は現在、社会から、道徳から、性から、自分自身からも、しばり付けられているように思われてならない」と。

陽子の発表は、意外に不評だったが、私には魅力的に感じられてならなかった。そしてクミとの関係がある前に聴いた、ロマン・ロラン研究会の沙代（仮名）のミニ講演が思い出された。かつて学生運動のリーダーだった彼女は、革新的運動の中にすら貫徹する、女性差別の思想、慣習、価値観を燃えるような瞳と鋭い舌鋒で追及していた。

沙代が推薦した二冊の書（『第二の性』ボーヴォワール著・新潮文庫と『女性の歴史』高群逸枝著・理論社）を夢中に（時には葬式の待ち時間すら惜しみながら）読みふけっていた私は、ふと頭を上げて思った。

「クミの優しさ、女らしさを何よりも愛した自分は、本当に彼女を愛したと言えるだろうか。美しく貴重な営みには違いないが、それは、女性を人間を愛するという行為の半分ではなかったのか」と。

胸中をうっすらよぎったこの思いが、やがてウーマンリブ（フェミニズム）の流れとつながり、私は人生を転換した。クミとの思い出を大切にしながらも、新しい出会いに心を開いた。即ち、新しい愛をつくろうと結婚に踏み切った（第三章「愛と性　独身時代の夢」などにつながります・平成二二年四月号）。

三一　息子たちへの手紙③

「子育て」の最も素敵なところは歓《よろこ》びにある。確かに長い旅路だから、険しい山々も暗い谷間も踏み越えなくてはならない。しかし大きく見れば、「子育て」は歓びに違いない。それは、すくすくと育ちゆく生命と直《じか》に触れ合いながら、生活出来るからだろう。命が育つところには希望も生まれる。そこには素朴な、誰もが味わえる人間の本源的な歓びがある。しかし逆に、命が失われるとしたら、どうだろうか。

M子おばさんは九十歳代、札幌郊外のアパートに、ひっそりと暮らしておられる。太平洋戦争の末期、東京大空襲時に、三十歳前の彼女は、夫は戦争に行き不在、四人の子供をかかえ、戦火をくぐって逃げまどう。一度など防空壕《ぼうくうごう》のすき間から、超低空を機銃掃射する米機の兵士の顔をしっかりと確認されたそうだ。

住居を転々とする中での敗戦。夫は生死不明で、ともかく親子五人が生き抜くために、農家の親戚を頼って北海道へ。納屋の一角に住まわせてもらい、何とか飢えをしのぐ日々が始まる。数か月後、夫が奇跡的に生還。一陽来復《いちようらいふく》、人生の再生を期し、一家六人で関東に移り新生活を開始。だが、やがて夫は病を得て、七年後には帰らぬ人となる。

再度、北海道の親戚に戻った後、札幌に福祉関係の職が見つかる。同時に札幌の母子住宅に転居。そこで児童相談所とも協力して子供会を立ち上げる。

生活も安定しかけた矢先、高校野球部の元気者だった次男が突然の事故死。実は私（清水・当時学生）は児童相談所の職員から子供会の学習指導の依頼を受け、打ち合わせに初めてM子おばさん宅を訪問。そこで次男さんの急死と遭遇《そうぐう》したのだった。

遺体を前に私は何も言えなかったが、その時、懸命に彼の魂に呼びかけたことが、約一年半の勉強会やレクレーション参加につながったのかもしれない。

M子おばさんの長男は、温厚篤実《とくじつ》な好青年、大卒後数年を経て社会福祉方面の職に就かれ、前途を嘱望《しょくぼう》されていた。よき出会いがあり結婚にゴールイン。挙式の日取りも決まり祝福に包まれる中で、念のためにと健康診断。そこで急性ガンとの診断。運命の暗転。相手の将来も考えて破談に。そして他界。

その頃、私は北海道を離れ、音信不通だった。かなり遅れて長男さんの不幸を知ったが、あまりの悲運にお悔やみの便りを書き出せなかった。

これはひど過ぎる。M子おばさんの数十年にも渡る、運命との渾身《こんしん》の闘いが、どうして次々とこのような結果に終わってゆくのか。誰が考えても、幸福になる資格が最もあるはずの彼女が、反対に最もいじめ抜かれること、こんな不条理《ふじょうり》が許されてなるものか。その思いが強かった。

しかしM子おばさんに対して、意味のあるお便りを書く自信がどうしても持てず、音信不通を続けた。私も妻を亡くし、かなりの年月を経た後でようやく手紙を書いた。すぐに亡妻

への お悔やみの言葉と、きれいなハンカチが送られてきた。私への激励に違いない。目頭を熱くしながらそのハンカチを握りしめた。

そして再会、この四十数年中の二回目だった。敗戦時の体験談のあと、満州（中国東北部）からの引揚者から直に聞いたという、息を引き取った赤ん坊を路傍に埋めてきた話となり、M子おばさんはしばらく口をつぐまれた。

「どこかの荒地の片隅だったのかしらねえ。お骨《こつ》も拾えず、その場所さえ分からないなんて。そのお母さん、どんなにつらかったでしょうね。それ想像するとたまらなくなるのよ。……私なんか、ちゃんと全部お墓に入れてあげられたし、幸せなほうだったのかもしれないわね」

というふうに結ばれ、静かに微笑まれた。

M子おばさんの居間には、長女と次女の家族写真が賑やかに飾ってある。それを眺めながら暮らしておられるらしい。でも、夫や長男、次男の写真は見当たらなかった。

彼女の子育ては、まさに苦渋と悲痛の連鎖であったのだろうが、運命への呪《のろ》いの言葉はひと言も聞き出せなかった。敬虔なクリスチャンでもある彼女の細い身体にやどる、その精神の強靭《きょうじん》さには敬服するしかない。

しかし最後に穏やかだが、重い言葉がつけ加えられた。

「戦争しては、本当に、いけないわね。でもどうして人間は戦争をやめることが出来ないのかしら、誰だって反対しているのに」と。

M子おばさんの子育ては失敗だったのだろうか。そんな評価はあり得ないが、個人の力が及ばない強固な要因、事故や病気、とりわけ、戦争といった巨大な運命の下で、個人の人生がそれに押しつぶされた時代だった、ということは言えそうだ。

このシリーズを書き出してから、「子育ての秘訣は何と思うか」といった質問を受けることが時々ある。もちろん千差万別の個性や条件があるから、唯一の正解はないし、私にも分からないことは無数にある。ただ共通して次のことは言えそうだ。「成長と共に本人の自由に任せることがベスト」であり、「子育ての過程はその状態（本人の自由意志で選択できる状態）を用意するためにある」と。

親子間の問題の多くは、結局、そこに着目出来るかどうかに、かかっているように私には思われてならない。

しかし、戦争は違う。国家間の戦争は個人を押しつぶし、人を悪魔に変える。「愛する家族のために敵を殺す」なら、その敵も「愛する家族のために敵を殺す」のではないか。「正義の戦争」といったカラクリがまだ幅を利かす現代社会を、私たちは今こそ真剣に問い直さなければならない。

戦争は子育てを、家族を、愛情を根こそぎに破壊する。M子おばさんが打ち続く辛酸と悲哀の中で結論されたことから、私たちは深く学ぶべきである。

近い将来の子育ての最大のカギは、まずそこにあるのかもしれない。最近ますます、私にはそう思われてならなくなった。

島原の街角で見知らぬ方から、「子育て日記、読んでます」と声をかけられることも増えたようだ。約二年半、ご愛読を有難うございました。また、ご縁あって兵庫県の人権教育団体機関誌でも「男の、子育て日記」をセレクトしながら、写真入りで連載して頂きました。深謝（平成二三年六月号）。

第二章　母の介護

一　決心①

近頃、父親同士が知己だったある友人から、「親父さんに似てきたな」と言われた。外見はともかく、性癖が似ている（似てきた）ことは、疑いないようだ。そのひとつに公私の区別（特に金銭物品関係）にこだわる「頑固さ」がある。

父は戦前、旧満州（中国東北部）時代、仕事上、結構多くの中国人、日本人から贈答を受ける部署にいたらしい。それを彼は徹底して断った。家まで配達された品物はすべて母に命じて贈り主まで返送させた。母は「面倒だから受け取って下さい。政治家じゃないから汚職にはならないでしょう」と懇願したが、父は絶対に譲らず、一品残らず返送させたそうだ。私が目前にした実例でも、兄が勤務先企業の便箋で便りをよこした際、父は一目見るなり、「公私混同だ」と吐き捨てるように言って顔をしかめた。

私の場合、三年前の市議選挙では、四十万円ほど届いた祝金、カンパ類を一円残らず返金した。「今さら受け取れない」と強く言われる方には、ユニセフ（国連児童基金）を紹介し送金して頂いた。無論、私の名前はどこにも登場しない。また私の名刺の裏には「カンパ・ご寄付・ご厚志の類は、すべてお断りさせて下さい」と印刷している（ただし、選挙関連のカンパなども、公選法の範囲ならば違法ではない）。

私の頑固さはその程度のもので徹底していない。たとえば、市議の研修旅行後、旅費（公費）の残金を受け取ったりする。何か割り切れない（旅は完了しているのだから、旅費残金をもらう理由がない）が、面倒なので黙っている。天国の父から、「不肖の息子よ、受け取ってはならん」と怒鳴られそうだ。その辺は、母の場合、あまりこだわりがなかった。

母とは、六人家族（父・母・兄・姉・姉・私）の中で、一番親しく、二十代の頃など、島原へ帰省する楽しみのひとつは、母とのおしゃべりにあった。硬軟含めて様々なことを語り合った。彼女の何よりの魅力は、柔軟で稚気《ちき》愛すべき心根とも言えそうだ。

私の結婚の時も、親族中、例のない人前結婚式（会費千円・会場は東京の区立施設・世話人は友人のみ）の雰囲気に誰より早く溶け込んで面白がった。式の前から私たちの新居に泊り込み、手作り記念誌の表紙の絵も描いてくれた。妻とは初対面から意気投合し、ふたりしてはしゃぎまわっている感じさえあった。

妻の他界後は、よく私たちに励ましの手紙や果物などを送ってくれた。息子たちの小中学生時代は、毎年、夏休みに帰省し、おばあちゃんから可愛がってもらった。おそらく当時の息子たちの心の拠り所としても、おばあちゃんの存在は大きかっただろう（お宿はいつも島原民宿）。

今思えば、その折々、母の胸中には私の妻の残像があったのだろう。母が孫の世話をしながら、そっと目頭を押さえる姿を見かけたこともあった。

ただし日常生活では、弱気を人前にさらすような人ではなかった。母は父の死後、島原で約三十年、身心を病む姉の世話を続けてきた。表に出さない苦労も多かったことだろう。

その母が九十歳を越え気力はまだ充分ながら、体力は確実に衰えを見せてきた。娘のことを気遣いながら、なお私たちには「百歳まで大丈夫」と強弁する姿に私の心は揺れた。

次男も大学に入り、頑張れば京都から帰郷出来ないはずはない。だが決心がつかなかった。経済的な不安も深刻だったが、それにも増して、正直なところ、「十数年、妻の看護と子育てに明け暮れた。そろそろ自分の人生は自分で、自由に選びたいものだ」の思いも強かった
（平成二二年六月号）。

二　決心②

この期間も、私の生活を左右した具体的要素は、まず経済問題、即ち「お金」だった。率直に書けば、「金欠」（金がなくて困っていること）だった。母の介護に帰郷する前の一年間、金欠の風が吹き荒《すさ》び、私は本当にへなへなと、くじけそうになった。息子たちの学費（生活費は全額本人負担）への借金もかさみ、残る期間の見通しが立たなかった。悪いことに、そ

れまで十年近く堅持してきたつもりの、塾生（高校生）との信頼関係が崩れ出した。私は高三生徒を怒鳴りつけ、それが集団退塾ともつながった。惨めさがつのった。

当時の日記にこう記している。

—それにしても、カネが欲しいのオ。ついさもしい根性に陥らざるを得ない。全くカネが欲しいのオ。どこかに一千万円ほど転がっていないものか。ウーム、しかしこの感覚を、永久に、生きる限りは忘れまいぞ。貧しい人々、極端に言えば飢える人々、民族との熱い連帯感こそ、自分に残された唯一の宝物かもしれない。有難いことよ。ウーム、しかし、カネが欲しい。カネが欲しい。

地元亀岡リベカ教会のバイブル・サンデイに招待され、教会青年部の劇『アンネの日記』を鑑賞。素人の寄せ集めで大根役者さんも多かったが、アンネ役の女子高校生、父親オットー・フランク役の青年の熱演が光る。長いセリフを覚えるだけでも、大変な努力を重ねたに違いない。

それにしても、アンネの心情、魂の豊かさには改めて感嘆する。あのような極限状況にありながら、「自分は世界のため、人類のために働きたい」と語る彼女の言葉に胸を熱くせざるを得ない。その意志を、私も、僅かでも継ぎたい。本当に自分の日常が恥ずかしく思えてならなかった。

自分の青春時代、清掃作業員七年間（二十六歳～三十二歳）は、常に晴朗な精神を持していた。その理由は思想的な要因もあるだろうが、多分それ以上に、清掃の仲間の中で、しっかり支えられ心ゆくまで明るい日々を送っていられたからに違いない。

このところの迷いは、「カネがない、これからますます要るのに、ますます金欠」、といった意味も強いが、それ以上に、あの頃と比べて自分の幸福観が揺らいでいる、そこに第一の原因があるのではないか。社会的な成功がなければ幸福になれないような欲まみれの幸福観に自分がいつの間にか譲歩してきたこと、そこに現在の精神不安定の真因があるのではないか。そのように思えてならない。

ごく平凡な人間でありながら、しかも大らかで万人を包み込めるような優しい幸福観、それが自分の生きることの中核をつくってきたはずではなかったか（平成二一年八月号）。

三　決心③

帰郷の前年・一九九五年（平成七年）年末、京都駅近くの弁当屋にもアルバイトで勤務した。朝五時三十分起床。仕事は午前七時～午後二時三十分。その後大津の学習塾へ。帰宅は午後十一時三十分。山陰線車中で居眠り乗り過ごし、二駅先（その便の終点）から歩いて帰宅したことも何度かあった。

また年が明けて、地元亀岡郊外のプラスチック板製造工場に勤務、夜勤と元来弱点の右手損傷（脱肉）で苦労し、生爪をはがしたりした。

島原帰郷の決心を固めかけていたので、その年は、生徒指導の失敗もあって少数だった高三生を、高二生募集で補うという経営パターンが取れなくなった（翌春の閉塾では新規募集は許されない）。結局、十月段階で高二生は一人となってしまった。

生徒一人ならば閉講し、他に振り替えた方が経営上は有利。しかし彼は「遅進児」ということで特別に頼まれた生徒だった。理解は遅いが熱心で、時には「英語の仮定法、分かったのはクラスでオレだけ」だったり、水木しげるファンの彼と、授業そっちのけで、「ゲゲゲの鬼太郎」を論じたり、中途閉講は諦めた。

節約を心がけ、一日三食で五百円経費を目標。大津宿泊では、塾教室の古絨毯《ふるじゅうたん》（教室オーナーの寝具屋さん提供）上で毛布にくるまった。自宅でのストーブ使用は原則禁止などいろいろ工夫したが、成果は微々たるもので情けなかった。

「それにしても」と、一旦決心したくせに、凡人の悲しさ、何度も思い返さずにはいられなかった。母（もしかすると心身を病む姉）の介護を、なぜ自分は引受けようとするのか。妻の手術以来、十余年、看護、子育てに日常の大半の時間を費やしたつもりだった。その時々、「これが終われば……」と次の人生への夢を育んできた。確かに自分の非才、怠慢癖を考えれば、夢想に近かったかもしれない。しかしチャレンジすることも許されないのだろうか。

被害妄想だ。どんな条件下にあっても、意志と具体的努力があれば可能なことも見つかるはずだ。自らをまず恥じよ。と反省、三省しつつも思い乱れた。生活条件などの違いも認めながら、東京在の兄夫婦の冷淡さを心の中で攻めたりした。

その時の心境を日記に綴っている（以下は日記から）。

――一九九六年（平成八年）三月二十四日、世界塾のファイナルデイ（最終日）。実際の授業は一月末日終了。本年の高三生七名（十一名中）、昨年度卒業生五名、計十二名が参加。浪人する一名も来訪。よもやま話に花が咲くが、終わり頃、妻と姉の生き方を対比し、女性の自立の価値といったものを語る。あまりまとまらなかったが、最後にこんな話も出来てやはり嬉しかった。十一年四か月、妻の他界を始めとして、それなりの人生の起伏もあったが、夢を追い、生徒諸君との親愛関係に支えられ、休講ゼロ（妻との別れ時を除く）で過せたことに感謝。

―同年三月二六日、これから生じるであろう、姉との具体的な関わりも、人生での価値ある仕事なのかもしれない。これまで四十年ほども姉を嫌い、遠ざかろうとしてきた。そこに自分の小ささ、醜さが凝縮されているのかもしれない。その小ささを破る機会を人生が与えてくれるのだとしたら、むしろ喜んで受け取るべきだろうか。母がここまで一人で耐え、それを用意してくれたのだ、と言えなくもないのだから（平成二二年九月号）。

四　帰郷①

――故郷の長崎県島原市に戻った時の転居挨拶状。

―故郷に戻りました

四月中旬に転居、三十六年ぶりに故郷の島原に戻りました。

ずっと元気だった島原の母（九十三歳）が、昨年体調を崩しました。風来坊だった私は、誰よりも母には心配をかけてきました。また長く心身不調の姉もおり、その更生のお手伝いをすることは自分にとっての人間的課題でもありました。正直なところ、期待と不安が交錯しますが、大きく考えれば、これは天が与えてくれた「人生の光栄」といったものかもしれません。

幸い、仕事のほうも学習塾の時間講師が見つかりました。なお、四月から長男は東京で就職し、次男は引き続き京都で学生（三年生）です。

ところで十七年もお世話になった京都府亀岡市の親しい皆様と、御挨拶する間もなく、お別れしてしまったことが悔まれてなりません。三宅町の皆々様、新婦人ひまわり班の方々を始め、個人商店や町工場に至るまでの、おっちゃん、おばちゃん方が（特に妻の他界後の八年間は）、子供たちの師であり保護者、応援団であって下さいました。伝統祭礼の山鉾のお囃子《はやし》参加などの行事の中で、日常の街角で、その暖かく厳しいひと言が貴重でした。小中高の諸先生やお友達は申し上げるまでもありませんが、地域の皆様に支えられて私共はここまでくることが出来ました。本当にありがとうございました。暇があれば訪ねた、亀岡の古刹《こさつ》、古社とともに一生忘れられない佳き思い出です。

十一年四か月、私がワンマン経営（自営）した滋賀県大津市石山の大学受験「世界塾」、卒業生三百余名の諸君、よく頑張り、よく親しんでくれました。この間、人生の起伏も経ながら、私が何とか精神の若さを保持できたのも、君たちの若々しさに負うところが極めて大です。深謝、深謝。ひとつこれからは人生を競って行きましょう。また石山商店街の皆様には、一年中変わることなく、明るい御挨拶をいただきました。

　さて、竹馬の友、旧友の皆さん、またよろしくお願いします。同窓会などは今から楽しみです。道路などで見かけたら、もし私が姉などと一緒でも、是非、一声かけて下さい！

　住居は二軒長屋の右を借りましたが、ここからは田畑が見渡せます。職場、母の家とも自転車で約十分。故郷のウマイ空気を深々と呼吸し、務めを果たしつつ、自分自身の夢も追ってまた歩き続けるつもりです。

　今後ともどうぞよろしくお願い申し上げます。

一九九六年五月

　転居当日の日記・新幹線車中で。

―今日も早朝から駆けつけてくれた隣家のTさんを始め、地域の人間関係の有難さといったものを、亀岡では、どれほどしみじみと味わったか分からない。子らも皆さんに支えられたからこそ、ここまで成長出来たということ。

　妻よ、きみとの思い出の地を去るぞ。そして生まれ変わって、次の人生のステージに立つつもりだ。にぎにぎしい再出発ではないが、自らをきびしく律し、責任を果たしつつ夢も追いたい。さあ、我が故郷よ、三十六年ぶりに戻りますぞ（平成二二年一〇月号）。

五　帰郷②

帰郷一年目、一九九六年・平成八年四月。

母（九十三歳）の具合がまた良くないことに驚く。茶の間で、座ろうとして右足を痛めたらしい。足がふくれ上がり、利尿剤を飲んだら直ったが、今度は放尿してしまい、布団がびっしょり。ちょうど陽が当たっていたので干し、汚れ物を洗濯。ポータブルトイレも洗う。

母は大分弱気で、「こんなことなら、入院して……十日間くらい、好きなものばっかり食べて、そしてお別れなら楽しいんじゃない」とか、「もうここまで生きたんだから、いいでしょう」などと切れ切れに言う。

しかし、一旦帰ってまた夕方に母の家へ行くと、プリンを食べて少々元気も回復したらしく、「やっぱりもう少し頑張らなくちゃ」とも言う。プリンを買いだめしておこうか。

ともかく、足のトラブルが問題のようだ。U先生にお会いし相談してみよう。リハビリでもやってもらえればそれに越したことはあるまい。

そこでM姉に、「お母さんが入院しても大丈夫か」と問うと、「ヘルパーさんがきてくれるから平気」といったふうに答える。私が「ヘルパーさんは個人的にはそう言ってくれるかもしれないが、制度上は六十五歳まで無理じゃないか（まだ介護保険の開始前）。それよりも自分で買物などを始める絶好のチャンスではないか。お母さんの元気なうちに、これまでずっと迷惑をかけてきたんだから、せめてそのくらいやれるようになって、喜ばせてあげたらどうか」と言うと、「それは体力的に無理。出来ないものは仕方ない」との返答。

彼女には、母親のお世話になってきたとか、少しでも恩返しをしたい、といった感覚が欠けているようだ。自分まで心が冷えてしまいそうだ。それでも、「買物さえ出来れば、既製品のおかずで何とかなるかもしれない。たとえば、I商店では、野菜ものは百八十円、ちょっと高級になると二百八十円」などと話すと、そのおかずの種類を詳しく尋ねたりする。

もっとも彼女は今日、私が母の世話をしている時、ちょこちょこと手を貸してくれたり、自分の茶わんだけは洗って見せたり、昔では考えられなかったような一面も見せる。「テレビを大きな音でかけっ放しとは、いささか気違いじみている」と言うと、「テレビをかけている方が体に良い。小さくするのは操作が面倒」と言った、説得力の乏しい答えだった。確かにそれが習性となってしまっている部分もあるのだろう。本来静かであるべき野山に行ってまで、ロックをがんがんかける若者らと、共通点有りや無しや。

それにしても知性の低さといったものには、絶望的とならざるを得ない。彼女の頭の良さとは、まさしく教科学習で最も重要となる暗記力（学力）的なものでしかなく、深く真理や人間を追求する「学問」や、さらにインターナショナル（国際的）な課題に迫ろうとする高潔な知的情熱とは無縁ではなかろうか。寂しく情けないことだ。まあ偉そうに評している自分も、実際には何もやっていないのだから、大同小異には違いない。

ともかく帰郷して、塾の講師もやらせていただきながら、多くの旧友や恩師と再会できた。子供の頃の大切な思い出がこもる猛島海岸に、護岸（堤防）工事がなされ、無残にも砂浜が引き裂かれていた。そこで味わった深い寂しさ以外は、人、自然との懐かしい再会だった。本当に有難いことだ。

しかし先々の介護の見通しは、今のところ、「薄暗い」といった感じだ（平成二二年一一月号）。

六　帰郷③

一九九六・平成八年五月～六月。

東京の兄より電話。彼と話すと、必要なことしか聞かず、相手の立場、感情などを思いやる気持ちが希薄なことに、こちらも心がしぼむ思いを味わう。たまたま目前の利害（母や姉の世話）が一致しているから良いようだが、人間としての交誼を結べる相手ではなさそうだ。M姉と同根の人間かもしれない。我が清水家の血脈は利己主義の系譜と言うべきか。自分もその血を引いていることを忘れてはならない。

長男からも電話あり。毎日残業で十時ごろ帰宅とか。朝は超「酷電」（旧国鉄の近距離電車を「国電」と称した）で、本質的には中間マージンで成立するような企業で働くことに何の意味があるのだろうか。ゴルフなどに早くも誘われるが、休日まで何で会社の人間と付き合わなくてはいけないのか。様々な不満があるようだ。しかし会社勤めには、大なり小なり、そのような側面が伴うのではあるまいか。

ところで今日、母は伝い歩きをしていて転び、そのためか、ぐったりしている。ご近所のM氏夫人から、自家製の花かごと畑の野菜を頂いたそうだ。

中学の同窓会を数人の仲間たちと立ち上げ中、ある旧友を訪ねると、そのお姉さんが畑を耕しながら、「私らは勉強もできなかったし、貧しかったので、仕事ばっかりの人生で……」などとボソボソ話される。そのようなお話を聞けるのも貴重である。

来島中の兄と飲む。話はやはりM姉のことが中心。彼は「日暮れて道遠し、と思っていたが、少々明るくなったかも」とか、「お前がそばに居てくれるので助かる」などと言う。私の生き方へのいつもの批判が今回は出ない。

三月、四月のあの金欠時期に帰郷を決断した折、一円の援助もしてくれなかったことに、ひと言あるべきではなかったか。まあそれはいいか、自分にだって矛盾、欠陥はヤマほどあるのだから。ともあれ、本当に十年ぶりぐらいだったろうか、彼と気分よく飲めたのは。

昨日、長男から電話あり。彼は典型的な営業マンと言った勤務の中で、仕事、健康はまずまずだが、多忙で帰宅が常に遅く、仕事への迷いもある。こんな仕事に何の意味があるのだろうかと、引き続き考えているらしい。それは前にも聞いたのだが、「人類の進歩のために少しでも役立ちたい」といった言葉を耳にすると、いささか気障《きざ》に感じてしまう。実は自分もそのように考えながら生きてきたわけだが、正面から口にされると、少々恥ずかしくなる。こいつ、気取ってやがる——、と思われても仕方ないか（親子とも）。

彼の通勤路の山手線浜松町駅の階段は、朝方は歩いて五分ほどかかるそうだ。この前、ジリジリしながら、ふと下を眺めると、皆押し黙り顔を伏せながら歩いている。それを見て異様な気分がした。あの中に自分も入っているのかと思うと、ゾッとした。とか言う。彼が学生時代に友人との貧乏旅行で接した、インドやネパールの人々、特に子供たちの表情、生き生きした笑顔が、どうして日本には少ないのだろう。そんなことも口にしていた。

目下の財産（預貯金）合計は十八万四千七十八円也。ただし下の息子の学費は別会計。その倍額以上の借金も別会計。ここ何日か、ジャガイモを煮て醤油をかけ、わかめ味噌汁の食事。洗濯機、冷蔵庫がないのは日常的に少々困るが……よかよか。インド、ネパールには負けないぞ（平成二二年一二月号）。

七　帰郷④

一九九六年・平成八年七月～八月。

久しぶりの好天、母も体調が良さそうだ。これまで連日の雨天だったからなあ。今日はM姉が近くの店まで買物五回目。大分慣れた感じで、車のよけ方もうまくなった。帰宅すると、母が準備万端整えてのお待ちかね。早速、五十メートルほど、家の前のゆるやかな坂をお供して登る。しかし有難いことだ。思い切って姉を誘い、それが刺激ともなって、母の外出を呼び、相乗効果が産み出されている。自分が帰郷した効果も、ささやかではあるが、現れ始めたのかもしれない。

長男はやはり転職するらしい。今の商社営業職でも結構厚遇され、入社三か月で女性アシスタントが付いたそうだが、全く価値が見出せないのであれば、仕方あるまい。次の仕事は給料待遇も劣るらしいが、まあ若いんだからやってみな。世の中、甘くはないことがいずれ分かるさ。おっと、他人に言えた義理ではないかな。

中学同窓会の立ち上げ中で、全国からの返信には、胸が熱くなるような文面もある。あの頃、大きなフロシキ包みを抱えて関西、関東方面に就職していった（集団就職の）仲間たちが、その後たどった人生航路を、自分も改めて正面から受け止めてみたい。それは自分には不可能かもしれないが、少なくともその気持ちを忘れてはなるまい。そのような追体験が出来ることが、実はこの企画に加わる一番の価値かもしれない。

母はこのところ弱気。

「いつか打った背中が痛い」「あと一年くらいと言われても平気よ」「はっきり言って欲しいわ」「この足、もとには戻りっこない」等々。

聞いていてこちらまで気が滅入りそうだ。でも九十三歳だし、グチが出て当たり前かなあ。

母は暑気が去る頃、大分元気回復。外出の際、彼女は昔の思い出を口にすることが多い。

しかし今日は私の話題で花が咲いた。

「北大を受けたいと聞かされた時は、本当に驚いたわ」

「でもそれを許してくれたことが、自分には一番嬉しかったんだ。それでなかったら現在の自分はないと思うよ」

「本当にそうかもしれないわね。他の人みたいに東大目指したら、これほど自由には生きられなかったかもしれないわね」

「え、初めてそんなこと言うんだね。それ、実は、高二の頃から真剣に考えてたんだよ。我が家の価値観みたいなものを打ち破らないと、自分はもうダメなんじゃないかってね」

「そうだったの。でも、あんたほど世間の物事に執着しない人もいないわね。それだったら、世界中どこに住んでも幸福に生きていけるわよ」

この日、母が初めて本心から、私の生き方を、一部分かもしれないが肯定してくれたのだった。少なくとも私にはそのように感じられた（平成二三年一月号）。

八　帰郷⑤

一九九六・平成八年九月〜十月。

雲は雄大で多彩だ。このように素晴らしいものが、頭上に、いつも横たわっているのに、滅多にそれを仰ごうとしない自分は、大損をしているのかもしれない。海も良い。しかもこの海は少年時代から愛した故郷島原の海だ。あらゆる夢を託し続けた熊本の青い連山も、海の向こうに遠望できる。

この豊穣《ほうじょう》な世界を、独り占めしていられるなんて、これ以上の幸福はあるまい。しかし心中深くには、美しい自然に埋没しきれない自分も潜《ひそ》んでいる。

夕方、母と歩くと、しきりに、近頃やせていくと言う。一昨日には軽い吐き気もあったらしい。「お父さんや伯父さん（母の父や実兄）もガンだったし……、でも平気よ。私も九十歳まで生きたんだから、何がきたって恐いことなんかあるもんですか。でも入院して全身、管《くだ》だらけになってしまうのは、絶対ごめんだわ。お葬式はキリスト教式の方が好きだけど、お寺もあるし仕方ないわね。粉にして川に流すなんてのはやめてよ」などと言って、口をつぐんでしまった。

中学の仲間も高校の友人も気軽に集まるスナックが島原にある。ママさんも同窓生なので、お互いに遠慮がない。いつも親しく楽しい雰囲気だが、夜遅く電話で「○○君が会いたいんだって、絶対きてよ」と言われ、一方的に切られたりする。嬉しいが少々困る時もある。時間不足の外に、一日三食、計七百円ライン生活者にはいろいろと事情もある。

京都府亀岡市に住んだ十七年間は、スナックなどのぞいたこともなかった。夜の仕事（学習塾講師）と看病、子育て専業中だったから仕方ないか。東京での独身時代には、同僚（清掃作業員）とキャバレーに何回か行った。歌声喫茶にも通ったが、カラオケは島原が多分初体験で、一人ずつマイクを持つ方式には最初ビックリしてしまった。

ふと思うことがある。自分の理想主義は、結局、利己主義に負けてしまうのではないか、と。「女性解放は男性の幸福と同義」といった発想は、結局受け入れられず、金力、権力の圧倒的なエネルギーの下で、いつの間にか自分も小さく醜く、しぼんでしまうのかもしれない。

妻の遺品を整理していて、ノートの間に、木の葉が四枚見つかった。もしやこれは、彼女が最後の旅、渡欧の際、どこかで拾ったものではあるまいか、と想像して胸が躍った。だが、本人はもう居ないのだから、残念ながら、確認できない。でも彼女ならば、必ずどこかに、それと分かるようなことを書き残しているに違いない。と思い直して、ノートをはじめ旅行携帯品を一点ずつ、丹念に調べてみた。しかし見つからない。

諦めかけた時、帰国後の緊急入院時にも使ったらしい手帳の脇に、一行「ノートルダム寺院の葉」という字句があるのを発見。パリで書かれたものかどうかは分からないが、この葉っぱのことに間違いはあるまい。赤茶けた、ボツボツと小さな穴のあいた、どこにでも落ちていそうな平凡な落ち葉が四枚、あの亀岡の、乱雑に本や資料が押し込んであったその片隅に十四年ほど埋もれていて（彼女は帰国後直ちに受診、入院、手術と続き、その後も「木の葉」の存在は忘れていたのだろう）他界後、私たちもそれには気づかず、今初めて、島原に帰郷して手にしたのだった（平成二三年二月号）。

九　帰郷⑥

一九九六・平成八年十一月〜十二月。

高三女生徒の母親のお迎えが遅れ、私もしばらく塾に残る。夜十一時頃、雨にぬれ心身を冷やしながら帰宅すると、留守電三件あり。どれもM姉からで、母が不調ですぐきて欲しい由。慌てて身体を拭き、カッパを引っ掛けて飛び出す。急げば自転車で約十分の距離。後でまとめると、次のような状況だったらしい。

夜八時半頃、母は台所で急にめまいを感じ、何とかベッドまでたどり着くが、吐き気と失《しっ》禁《きん》に何度もおそわれる。隣室のM姉まで届く声が出せない。三十分ほどしてM姉がきたので、宏（筆者）への電話を頼むが留守。何度かけても不通なので、掛かりつけのU先生に電話しようとすると、母は「こんな取り乱した所にきてもらうわけには行かない」と拒《こば》む。M姉が、大便のついた下着を何とか脱がせて、風呂場のかごへ。そこへ私が到着し、電話でU先生に往診をお願いし、来られる前に汚れたシーツなどを取り替える。やがてU先生が見え「一過性のもので、もう心配はいらない」と注射を一本。その頃から目に見えて母は回復。

帰宅し、下着やシーツ一式の洗濯を終えると午前三時過ぎ。しかし心にはぬくもりもあった。深夜零時近くなのに、U先生が快く往診して下さったことにも感激したが、M姉は私に電話し、母の下着まで脱がせてくれた。生まれて初めてのことだったに違いない。母には申し訳ないが、案外嬉しい夜だった。

中学同窓会の踊り練習第一回。七時から森岳公民館で。三十一名参加の大盛況。ハイヤー節を楽しく踊る。指導のMさん、Yさんも鮮やかなもの。「島原の子守唄」踊りに抜擢《ばってき》された七名は別室でK子さんからの特訓後、ラストにおひろめ。それがなかなか上手だ。

中でも昔のガキ大将T君らが、赤ん坊をあやす仕草の可愛らしいこと。笑って笑って沸《わ》きに沸く。このような雰囲気が同窓会の味わいなのだろう。帰郷して一年目、お金では買えないような素朴で心楽しい企画に、いつの間にかはまり込んでいる。有難いことだ。

翌年の正月二日が、中学卒業以来四十年ぶりの初同窓会で、私たち事務部（世話役）六名は、十一月あたりから、二日に一回は（昼か夜）、メンバーMさん宅などで顔を合せていた。踊り練習の前日も私は、同窓生の家で、彼が所用で外出後、奥さんご自慢の手料理チャンポンを頂きながら、歓談していた。そのご夫妻は大地に根を生《は》やしたように、しっかりと農業を守り続けておられる。私のように職業を転々と替えた者にとっては、少々眩《まぶ》しいくらい、素敵な姿に映った。農業に限らず、営々と人生と真正面から勝負してこられた方々に共通する、一種の人間的風格といったものかもしれない。

兄が東京より帰省し、久しぶりに会食。かつては私の帰郷に反対し、冷たい言葉を並べた兄だったが、近頃では母や姉の世話に毎回感謝してくれる。この夜は話が弾《はず》んで、彼の終戦直後の、淡い初恋物語のようなものを拝聴。眼を細めて語る彼の表情は、まさに童顔そのものであった。

クリスマス・イブは、一個ずつのショートケーキとインスタントしるこ。母とM姉と私、三人のパーティー。三人とも「おいしいおいしい」を連発。食うや食わずの戦後生活を共有する、同時代人の味覚、センスといったものもありそうだ（平成一三年二月号）。

一〇　人さまざま①

一九九七・平成九年一月～三月。

正月二日の第一回中学同窓会は、二百余名参加の大盛会で終わったが、ここでは割愛する。その同窓会の日、私は朝九時に出て深夜帰宅しバタンキューだった。しかし翌朝起きてビックリ。息子たちが初売りのスーパーや商店街を漁《あさ》って父親へのお年玉。それらのお品書は次の通り。

—革ジャンパー・肌着・パンツ・靴下・トイレットペーパー・トイレ洗剤・台所洗剤・風呂洗剤・まな板置き・流しの三角ゴミ入れ・たわし・たわし置き・雑巾・布巾・ティッシュペーパー・服の匂い消し・ごみ箱・洗濯ロープ・ゴムバンド・キズテープ・トイレの匂い消し・ナツメ球・サークライン。いやはや……親子交代しようかな。

久しぶりに再会したA氏夫人は私より十歳以上は若い。未婚の頃は好奇心に満ち、社会や人間への期待感に溢れていた。何よりも、愛くるしくきらきら輝く眼差しが魅力的で、心中ひそかにA氏を羨んだこともあった。ところが結婚後数年を経て再会し驚いた。美人には違いないが、生気の乏しい、男好みの女性に変貌。男の顔を流し目で見る風情には、正直なところ、ぞっとしてしまった。妻をひたすら家内に囲い込んだA氏とその言いなりになったらしい本人の責任だろうか。余計なお世話だし、私の美的センスが問題なのかもしれないが。

同窓生からの電話があった。

「テレビば見んね。消費税は上がるし、年金は六十五歳まで貰えんとよ。同窓会のビデオば見たばってん、清水さんの、あの、目はどがんしたんね。パシパシして、寝不足じゃろ。もう同窓会んごたる遊びはやめんね。寝らにゃどがんしよんなかよ。すぐ寝んね。じゃあね。バイバイ」

母の『アンネの日記』の感想は、

「面白かったわ。でも随分苦労したのねえ。ほんとに戦争なんかあっちゃいけないわ。とても頭の良い子ねえ。大人だってかなわないかもしれないわ」とか。

自分の愛読書の一冊を母に読んでもらって、やはり良かった。それにしても、九十歳代の母にもアンネの心は通じたのだろうか。アンネさん、あなたのみずみずしい感性は、本当に世界中に明るさを与えてくれますよ。ありがとう！

今朝三時頃まで塾のプリントを作っていて、何か虚《むな》しかった。たとえばボスニアでは殺し合い、アフリカで飢えたり、幼少女が生活のために売春に追い込まれ、それで一生を崩してしまったり……。そんな世界総図から見て、自分は一体何をしているというのか。

仏文学者の蜷川譲《になが わゆずる》氏が来島された。島原半島北有馬町（現南島原市）出身で、ロシア文学者で早大教授だった松尾隆氏の評伝を書くための調査である。彼はロマン・ロラン研究会の主宰者で、そこの企画で渡欧した際に、パリの宿舎で妻が昏倒《こんとう》した、という因縁《いんねん》がある。春の一日をお供した（平成二三年七月号）。

一一　人さまざま②

一九九七・平成九年三月～四月。

叔母は電話で泣いていた。叔母にとっては、本当に苦労に苦労が重なる人生が続く。その責任は、やはり、好人物で私も大変可愛がられたが、家計を顧みず我がままを改めない叔父にある、と言わざるを得ない。

旧来の男性中心の家族制度の中に、叔母の人生の主要部分があったということ。自分にもう少し財力でもあれば、何とかしてあげられたのに、といつも悔しく思ってきた。残念ながら自分と身内を支えるだけで、精一杯だ。

しかし、少々腹立たしくもなってきた。世界の苦しむ人々、飢える同胞《はらから》と共に生きるなどと大きな理想を胸に抱きながら、まるっきり何もやっちゃいない、この自分は。口先だけの偽善者め。いくら非力非才で、介護人生の途上にあったとしても、もう少し何かやれるはずじゃないか。おい！　しっかりしろ。

先日の西日本新聞に、母の俳句「梅林に／　ひそと抱かるる／　野観音」が掲載されていた。私が島原に帰郷してまる一年、母は、確かに不安は常時つきまとうが、一年前と比べると、かなりの元気回復である。昨日も一人で外出し、工業高校の前の道まで歩き、途中で足の悪い、知り合いの小父さんと、三十分近くもおしゃべりをしてきたとか。母は、どうも、年とともに外交的で陽気な人間となるようだ。はて、生活の知恵かな。

M姉もこの一年間で、一人での外出にチャレンジし、買物まで実現するなど、画期的とも言えそうな進歩があった。これにプラスして幼児性や、利己的発想がもう少し減ってくれれば嬉しいのだが。

夜八時半頃、母の家を再訪すると、母はポータブルトイレの脇に倒れ、K姉とM姉が回りでおろおろするといった状態。あたりには、吐き下された粘液の中にウンチがあり、尿も溜まっている。数日前の快活な母とは別人のような、息も消え入りそうな表情。一時間半ほどかけて、母をベッドに寝かせ、汚物を拭き取り、下着を取り替え、背中をさする。あたりを清掃し洗濯を終え、一旦帰宅し深夜、また様子を見に行く。自分自身の予定が狂ってしまうが、いよいよ介護の本番かと感じる。粛然《しゅくぜん》とした気分と不安。つまり、自分への不安に違いない（平成二三年八月号）。

一二　人さまざま③

一九九七・平成九年五月〜六月。

母の目まいの発作には、二、三週間に一回といった、周期性のようなものがありそうだ。そのことを母に言い、U先生にもお伝えする。先生は、もしかすると脳腫瘍といった種類の発症かもしれないが、今さら検査を繰り返しての手術、といった年齢でもあるまい、とお考えのようだ。その通りかもしれない。

しかし母の生死は、いまだに我が家にとっては各人の人生を左右する重大事である。兄、M姉、K姉、自分の四人の子供たちが、心身に問題のあるM姉の世話を、母一人に頼る無責任な生活を重ねてきた、その長年のツケが眼前にある。

今日の母はまた元気回復で、一緒に畑まで歩く。道々の思い出話には、しばしば母の自慢息子である兄が登場する。その急所は、学生時代に彼が一銭の送金も受けずに、洋服屋のバイトだけで学費も生活費も賄った、という点にある。それは確かに偉かったし、母が自慢するのも無理はない。

しかし同時に、彼は結婚以来一度も子供たちを連れては帰省せず、兄嫁もここ二十数年、島原を訪れていない。それは、かつては狂人のような様相を呈していたM姉の姿と生活を、妻子の眼にさらしたくなかったからに違いない。兄は優しい人間だが、その故《ゆえ》にも、自分の弱さから抜け出ることが出来なかったようだ。そして今、母は老いている。兄を批判することは、母を苦しめることでもあろう。

一人、自転車で諫早干拓の現地へ。長靴で干潟を歩く。ホントにいたぞ、ムツゴロウ。干からびた干潟の割れ目から飛び出して、ヨチヨチ歩く。ちょっと近づくと少し跳躍。

キミが安らうべき干潟はもうない。これから干し上がるばかりだろう。誠に申し訳ない。何のせいか。人間のせい、人間の欲望のせい、キミたちは滅びようとしているのだね。パタパタと飛ぶように歩き、また別の穴にもぐってしまった。何とか少しの間だけでも安住してくれ、初めて出会ったムツゴロウ君たちよ。

午後一時十八分・アボザキ下の水際で。

あたりには深く割れ込んだ粘着土塊や無数の貝の死体。時々穴からカオを出すカニもいる。どろにまみれ生気の失せたカニたちだ。すまない、誠にすまない。干潟は、本当に、キミたち海の生き物の天地だったんだよね。

目まい事件以来、母の外出に同行している。いつも百五十メートルほど上の畑まで行き、仕切りのコンクリートに腰かけてのおしゃべり。

「あの世は大抵ないと思うけど、でもあれば面白いわねえ。頼朝は嫌いだし、家康も嫌い。信長ほどひどい人はいないわね。でも秀吉みたいに頭の良い人もいるし、義経にも会いたいし……。そう考えると楽しみだわ」

母の発想はいつも子供っぽくて楽天的。自分もその性格を受け継いでいるのかもしれない。

昨夜自転車で走行中、同窓生A君と逢う。彼は家業の動物の飼育に徹している。私が母の世話をしていることを知っており、「エラカヨー」と感に堪えないような大声でねぎらってくれる。かつて教師からは遅進児、問題児扱いされてきたような彼からのひと言は、他の誰からの素敵なエールにも増して胸に響く。ありがとうよ、A君。素朴な人間の善意こそ人の世の味わいだなあ（平成二三年九月号）。

一三　人さまざま④

一九九七・平成九年七月〜八月。

M姉より電話。「お母さんの様子が変なので、早くきて」とのこと。塾に出勤直前だったが遅刻連絡をして母宅へ。

また目まいと失禁、嘔吐《おうと》。ちょうど入浴係のヘルパーさん方も見えており、手伝って頂く。これまでよりむしろ軽症だが、前回から一週間ほどしか間がなく、それが少々気になるところ。

息子（長男）がかなりの長電話をかけてくる。彼は職場（目下、TV番組制作の下請け業）で、仕事にも同僚にも飽きたらず、悩んでいる様子。一生続けられ価値ある生業と関わりたい由だが、現実には難しい。まあ、利潤追求を至上目的とするこの社会の中で、問題なく、爽快に働ける場所は例外的かもしれない。親としては生活不安の方が先立つ心配事項だが、息子たち二人にとっては、自分の人生なのだから、自分で決め、自分で責任を負うしかあるまい。

十年前の今日は妻が自宅で家族と過ごした最後の日。高熱のため庭での「花火大会」はやれなかったが、小六の次男がフォークで差し出すサイコロ状の西瓜を、彼女は実にうまそう

に口にしたものだった。翌日から四十九日の入院後、永遠の眠り人となって妻は帰宅した。、
今、自分は帰郷し、少年の日に通った島原長浜海岸の砂や岩、磯の香に囲まれながら十年前のことを回想している。対岸は昔ながらの青い熊本の山なみ。

先日、アムネスティ（無罪の政治犯の釈放などを求める国際組織）の年会費一万円を、やや悲壮感の中で支払った。次男の最終学費用の預金を除けば、ぎりぎり三万円しか「財産」のない身では無謀とも思えたが、まあ、どうせそんな人生しか送ってこなかったのさ、うつけ者よ。今さら自分の過去は裏切れない。それにしても金欠病はいつまで続くのやら。最終学費が済めばあと一件の借金返済でお別れしたいところだが。

亀岡の寺の住職夫人からお便りあり。

「先日、墓地の清掃にあたっておりましたら、何とも言えなく可愛らしいお花が鉢植えで奥様の墓前にたむけてございました。御子息がお見えになったのでしょう。さぞ奥様もお喜びのことと存じます」といったこと。

わざわざ書いて下さった坊守様の心遣いも嬉しいが、「花はいいけど、枯れてそのままじゃかえって……」と電話で話したことを受けて、鉢植え（それはかつての我が家の作法）にしてくれた息子たちに温かなものを感じた。有難うよ。ささやかに十回忌を飾ってくれて。

九十四歳の母の心身の頑張りはいつまで続くのだろうか。百歳までは無理だろうが、この分ならあと二年くらいは大丈夫そうな気もする。その間、僅かでもM姉の身体的、人間的回

復が実現し、それを見届けて欲しいもの。

母がいくら進歩的なことを口にしても、心底には自分の経た時代の価値観も根強いことだろう。宏（筆者）にはもう少し世間的評価に値する地位について欲しかった、といった潜在的願望もあることだろう。でも、ぼくはね、欲まみれの価値観から一応脱して、ふわふわ（悠々？）大気中を自由に駆け巡って、誰にも負けないくらい、本当に幸せなんだよ。出来れば本心から分かって欲しいなあ（平成二三年一〇月号）。

一四　人さまざま⑤

一九九七・平成九年年八月～九月。

背中が露出した水着スタイルの服を着た塾生（高校生）A子に、授業中「バカに涼しげだな」と声をかけると、「セクシーでしょ」と軽くいなされた。「おい、そんな言葉は他人から言ってもらうもんだよ」と返したが、まわりの生徒たちから笑われた。負けたようだ。

大津で塾を経営している時、アシスタント（助手）の女子大生が、やはり肌を露わにした姿で出勤したことがあり、生徒が帰ってから注意すると、素直に聞き入れてくれた。彼女は文学にも親しむ奥深さを備えた女性であり、意外に思えたのだが、私の方に偏見があったのかもしれない。服装は基本的に本人の好み、自由であり、結局それが一番似合ってもいるのだろう。しかし、周囲へのある程度の気配り、思いやりも必要ではなかろうか。

今日は自分にとっては、ひとつの画期的な日でもあった。この六年間払い続けてきた息子たちの大学授業料が、本日、弟の四年生後期分をもって終了したということ。出費は学費のみで、彼らの生活費は全額彼ら自身のアルバイトに任せたのだが、それでもこの間の苦しさは格別だった。京都時代、兄の分はA銀行、弟の分はB銀行へと振込みに通うその時々、どれほど胸を重く暗くしながらテクテク歩いたことだろう。それはまず私に甲斐性《かいしょう》がなかったせいでもあるが、ひとつには子育てをしながらの職業選択は極めて限られたものだったということでもある。

この点、母子家庭の場合はさらに経済的にも精神的にも苦しいに違いない。自分は学生時代、施設訪問の他に、一年半ほど、母子住宅子供会で週二回の学習会を実施した。あの頃、接したお母さん方はいつもにこやかだったが、おそらく甘ったれ学生の私には想像を絶するような辛酸を、日々嘗《な》めておられたのだろう。いまさら詮《せん》無いことだが、心から「ご苦労様でした」と申し上げたい。

学費納入が終了した。借金返済は残るが、取りあえず区切りがついたことが嬉しい。これだけお金に苦しめられたのだから、残る人生では、何とかしてリベンジ（復讐戦）を実現したい。金力、権力万能社会への挑戦は、そうそう、二十代からの夢でもあったはず。

買物忘れで、道下の小さな商店へ行き偶然にも森川のおばさん（少年時代、お向かいの家に住まわれた方）と再会。九十二歳になられた由。少々の立ち話。まだまだご壮健。

しんみりした気分で帰宅して窓を開けると、空き地を越えた畑の手前で、一羽の白鷺《さぎ》がエサを探す光景が目に入った。当地「田屋敷」という地名がぴったりの眺めではないか。ほのぼのと心のなごむひと時（現在は城内三丁目という平凡な地名に変わっている）。

自分も日記と対する時は、かなり高邁《こうまい》な気分となったりするが、日々の行ないは、実はそれを裏切っているのではないか。大きく考えれば、自分だって身内のAやBと同レベルの人間に違いない。威張れない、威張るまい。結論はいつも同じで、つまらぬ人間ほど威張る傾向が強い。小物ほど上にへつらい、下には威張りちらすもの。人間の性《さが》かもしれないが。

でも、前記の《金力、権力万能社会へのリベンジ》は成らずとも、成らずとも、その道を、ヨタヨタと格好が悪くても、前に歩き続けたい。トライだけでも出来たとすれば、自分にとっては望外の幸せかもしれないが（平成二三年一一月号）。

一五　人さまざま⑥

一九九七・平成九年十月〜十一月。

本当に自分はバカだ。せっかく時間を確保できたというのに、マンガ『はだしのゲン』（中沢啓治作・全十巻）を読み始め、いつの間にか数時間を費やしてしまう。もともと私には、そのような性向が強い。学生時代は家庭教師に埋没したり、サークル活動に狂ったり、本業が何だったかを忘れている。まあその中で、自分や社会への疑問が深まり、思想や社会問題への道も開けたのではあったが、だからと言ってその甘さを免除してはならない。

今やっと手にしかけている人生の結論は、①差別幸福観が平等幸福観に変わる時、世界は救われる。②女性解放＝男性解放＝人間解放（幸福）ということ。その結論の大きさと、自分の小ささとのアンバランスが、自分にとっては悲劇であり、生き甲斐でもあるようだ。

母宅へ行くと、今朝、新聞を取りに行き、玄関で倒れ、どうしても起き上がれずに這《は》いずり回った、とか。結局、部屋まで這って行き、しばらく休んで、ようやく立てたらしい。いよいよ母の体力的な限界というものが迫ってきているのだろうか。M姉はこの間の事情に気づかず、眠っていたらしい。

しかし母が自力で（這ってでも）動き回れる間は、そうしてもらう方がよいのではないだろうか。そのことで取り立てて騒がず、むしろ居間と台所を結ぶ廊下に、細長く厚ぼったい敷物を用意し、時間がかかっても、そこを自力で移動してもらったらどうだろうか。母が這いずる姿を想像すると惨めで胸が痛む。しかし、しかしだぞ、本当にそれは「惨めな」だけの行為だろうか。世界大で考えた場合、あるいは自分が母の立場だったらどうだろうか。

この日の散歩には、いつもの調子で出かける。家の前のゆるい坂道を、母はゆっくり手押し車を押しながらのぼり、畑の角あたりでひと休みして戻る、小一時間の道程。

話題は母の子供時代のものが多いが、今日は父の思い出が登場した。正直な人だった、気の毒な人だった、と母はつぶやく。それは満州に出かけ、敗戦で無一文となっての引き揚げ、その後の食糧難の時代などを指しているようだ。「昭和天皇は好きよ。軍部にだまされて戦争を避けられなかったのね」とも聞かされた。

昨日だったか、『橋のない川』（住井すゑ著、第一巻）への感想で、あのような状態（部落差別）があったことへの驚き、憤《いきどお》りを語り、「戦争は絶対だめよ」と繰り返した。それで今日、昭和天皇のことにも触れたのだろうか。

足取りは少々おぼつかなくても、母は道行く人（顔見知りが多い）とも明るく挨拶を交わしている。果物がいっぱいなっている風景とか、海の広々した眺めなどが大好きだそうだ。畑の作物の生長の速さに感嘆したり、ご近所の庭先の花を愛《め》でたり、無邪気な心は今も健在なり。

自分はいったい何をしているのか。何を支えとして生きているのだろうか。雑誌『世界』九七年十二月号の「文明の転換が必要だ！」古沢広祐論文は、なかなかの力作と感じた。自分と志が同一の人の存在を、また知ることが出来たようだ。なるほど世の中には様々な人がいて、苦闘しながら道を拓《ひら》こうと努めているのだな。何とかして自分もその列に加わりたい。それが許されないとしたら、せめて何らかの方法で支援したい……などと思う。

旧友の反省「同窓会などで、対話を望んでいるらしい友の脇をすり抜け、華やかな人気者のそばに行ってしまうことがある」。そうか、やはり彼はそのような優しく細やかな心情の持ち主だったのかと嬉しくなり、終日、私もぬくもりの中にあった（平成二三年一二月号）。

一六　変転①

一九九七・平成九年、年末から新年へ。

今朝は今冬一番の冷え込みだったらしい。家に着くと、母が「寒い、寒い」と言いながら、コタツにもぐって震えている。風呂場に行くと、汚物のついたじゅばんが脱ぎ捨ててあり、ポータブルトイレにも汚物。掃除洗濯後、コインランドリー店乾燥機を初使用。二百円で結構乾く。家に戻ると母は大分正気づいている。私がきたことも知らなかった由。

　母は明け方猛烈な便意を催し、何とか用を足したが、汚したものを脱いだりしていたら、身体が冷え切ってコタツに倒れ込んだ。どうしても身体が暖まらなかった、とか。情けないのは、Ｍ姉、Ｋ姉とも同室にいながら何も気づかず母も知らせなかったこと。迷惑をかけるのはイヤ——と母は言うが、実の娘が二人いながら何の役にも立っていない。この辺《へん》から決定的な事態が生じる恐れもある。気をつけなくては。

　母は「Ｍ子がちゃんとなるまでは生きていたい」とよく口にする。Ｍ姉もそれを受け止めているようだが、さっぱり行動とつながらない。自分にも言える欠陥かもしれないが。

　母が落ち込み口調で「またやっちゃったのよ」と言う。間に合わずベッドで催したとか。電気毛布を昨日購入の新品と取り換える。し瓶と、三メートルほどの細長いマット（絨毯）も購入。パジャマも買い、母に着てもらう。パジャマなるものは生まれて初めて、だそうだ。なるほど明治三十六年生まれの人だった。

　島原ジョギングフェスティバルに参加、年齢制限なし五キロで、九十八名中三十七位。かつて親子三人揃って入賞した亀岡ロードレースは夢の夢なり。

　母がご機嫌で言う。「私の周りには善人ばかりだった。こんな幸福な人生はなかったわ。……でもね、お父さんが亡くなってから、自分の物は何から何まで倹約することにして、たとえばプリンひとつもガマンしたの。でもＭ子にだけは言われれば何でも買ってやったつもり。しかし考えが今は大分変わり、ケチケチせずに楽しく生きたい、おいしいものも食べたいと思うわよ」

ストイック（禁欲的）だけど、楽天的なのは血筋かな。

昨日はM姉（以下、M）と大ゲンカ。母がポータブルトイレに行き着くまでに失敗することが多いから、ベッドの脇にそれを置こうとすると、近くで食事をする彼女が猛反対。

宏「食事は台所ですればよい」
M「それは出来ない」
宏「出来ないはずがない」
M「どうしても出来ない」
宏「納得のいく理由も示さずに、そんなわがままは許されない」
M「わがままではない」
宏「そのような態度を称して、わがままと言うのだ」
母「私もポータブルがベッドのそばにあったらどんなに良いかと、それは思うわよ」
宏「お母さんがああまで言っているのに、この期に及んでそんなことすら汲み取ってあげられないなんて、あんたの人間性を疑わざるを得ない」
M「そんな問題じゃない」
宏「こんな状況でわがままを抑えられない利己主義の姉など、自分には要らない」

事の成り行きで、

宏「自分が再婚しない大きな理由のひとつも、あんたの存在にある。いくら肉親でも、何十年にも渡って他人の人生を決定的に左右することが、いったい許されるのか。お母さんにも、言いなりになるのが真の愛情なのかを考えて欲しい」——などと口走って、ハッと思い直す。

翌日からM姉は、文句を言わず、台所で食事をとるようになる（平成二四年一月号）。

一七　変転②

一九九八年・平成十年一月〜三月。

終日のじゃあじゃあ降り。母が不調で、かなりの小水が何度も出る。シーツ、おむつパッド、電気毛布、パジャマを汚す。その洗濯が大変。雨なのでコインランドリーで脱水後、家でゆっくり石油ストーブに当てて乾かす。ウンチもついた電気毛布は一晩水に浸け、翌朝の手洗いとなるが、なかなか乾かない。塾の生徒の世話もあり少々いらつく。雨にも大分ぬれ腰が痛む。不機嫌な時間を過ごし、その後、改めて人間の小ささを思う。

しかし今朝も考えたのだが、結局、自分の小ささ（被害妄想、恨み節、クヨクヨ根性）が、自分自身を腐らせて、夢の実現をそのスタートで、大きく阻《はば》んでいるのかもしれない。そういうことなのかもしれない。介護の道もなかなか険《けわ》しい。

今日は一転しての快晴。母の家の廊下に、買ってきた取っ手をもう一個付ける。母がヒョロヒョロ歩く。危なっかしい。かつて外を一緒に散歩していた頃の歩調とは大分違う。ハッとする。

昨年から母に、『橋のない川』（住井すゑ著・新潮文庫・全七冊）をすすめて、読んでもらっている。目下、五冊目だが、「儒教というものは支配階級のために作られたものなのね。この本を読んで初めて分かったわ」「多くの人々にとっては、人間が平等な共産主義的な方が良いことは、その通りかもしれない。だけど、人間には慾というものがあるから、そんなにうまくいくかしら」などと感想を言う。九十四歳の母の精神はかなり柔軟のようだ。

実は、母にすすめながら、自分もこの作品全体を通しては読んでいなかった。そこで先日から気合を入れて読み出し、一冊目を読了。「あとがき」には次のような文章があった。

―夫（農民作家・犬田卯）は六七歳の生涯を閉じた日に私に語りかけた。『人間はこのように必ず死ぬんだよ。必ず死ぬということは、地球の生物はすべて地球時間の制約を受けるということだ。この視点から、時間の前に人間はすべて平等だということが明らかになる。きみは迷わず、惑わされず、自分のやりたいと思う仕事にいのちをかけてくれ』と。泣く代りに、私は《ありがとう》と礼を言った。《天皇もものを食えば、糞《ばば》が出る。だから人間はみな同じ》と六歳の日に感じたそれは、実は時間の上で人間はすべて平等だ、ということだったことがあらためてわかったからだ。

そのページの空白に私〈宏〉がボールペンで書きなぐった文章。

「母に先に読んでもらいながら、自分は後追いだ。誠やん、孝やん、貞やん、豊さん、秀坊ん、ふでさん、ぬいさん……、彼等は実在したに違いない。しかも無数に。あなた方の人生の軌跡を追体験しながら、私も、怒り、悲しみ、喜び、笑い、胸を熱くする。そして何が生きてゆく中で真の価値なのかを、力強く教えられるようだ。

母は今日で満九十五歳。母とM姉と三人で、ハッピーバースデーの歌とケーキの切り身と紅茶で祝う。息子たちからも花が届きハナを添える。本人の感想は『まあいつの間に、こんなトシになってしまったのかしらねえ。信じられないくらいよ』とか」

市の広報誌に載っていた「お父さんお母さんのための介護講座」に参加。県立特別養護老人ホーム「眉山」で。二十名ほどの参加者中、男性は私を入れて二人（平成二四年二月号）。

一八　変転③

一九九八・平成十年四月。

塾の帰り、夜十時過ぎに母を訪ねると、母は畳の上にへたり込んで、何やら股間《こかん》をチリ紙で拭いている。昨日の続きの下痢かと思い、手伝おうとするが、嫌がられる。要するに、陰部を拭いているので、手を出してもらいたくない、そばにもいて欲しくない、といった感じで、そのまま帰る。脇には、M姉が口を開けたまま、あお向けに寝て、脚をむき出しの異様な寝相《ねぞう》。まあ自分はもっとひどいのかもしれないが。

今日は母の体調が良かった。図書館から借りた、大活字版の『きけわだつみのこえ（大戦中の戦没学生手記)』に感動したとしきりに言う。「可哀想、気の毒、偉い、立派」と涙声で繰り返す。九十五歳の母にこのような書を読ませることもあるまい、井上靖の『敦煌《とんこう》』だけにしようかとも思ったのだが、借りてきてよかった。母に限らないが、いくら年をとっても感動する心は失われないものだ。高齢者とみると、チイチイパッパ式の扱いしか思いつかない施設もあるらしいが、考え直すべきではなかろうか。

いよいよ正念場《しょうねんば》、自分の人間性が問われる時を迎えたようだ。母は、塾の帰りに寄ると、何か一人でやっている様子。物陰から眺めていると、ヨタヨタと台所まできて、冷蔵庫からヨーグルトを出して食べ、ヨタヨタと戻る。ズボンのゴムがゆるすぎるのか、歩く間に、下半身裸になりかける。よく見るとそのパジャマのズボンもウンチで汚れている。

昨日、衣類シーツを総替えしたばかりなので、母はおそらく、私に知られ迷惑をかけるのを恐れたのだろう。連絡帳によると、今日ヘルパーさんがシーツ交換をしようとしても拒否されたとかで、ヘルパーさんが別の布を横渡しにしておいてくれた。隙《すき》を見てその布を少しめくると、下はかなり濡《ぬ》れている。気づかないふりをしてそのまま帰る。

このようなことがこれから続くのかもしれない。母はそのたびに惨めな思いを味わうのだろうか。どのように切り抜けたらよいのか。ひとつはパンツ式おむつの使用かもしれない。明日は実物を買ってこよう。

しかし、これから母は下降線の一途をたどると見て間違いあるまい。肝要なのは、この自分が怒ったりイライラしたりして、母の心を傷つけ、同時に自分をも苦しめたりしないこと。

妻の場合には、私は大分彼女に対してつらく当たったこともあった。それは苦《にが》く申し訳ない思い出として残っている。妻は幸か不幸か病（脳腫瘍）の最終期には、それをつらいと感じる能力も壊れていたようだが、母の場合は正常なのだ。何とか私が自分を膨《ふく》らませてゆくしかあるまい。そしてM姉の心身の更生という、もうひとつの課題も重い。

毎日が闘いなのかもしれない。母の風邪はかなり回復したようだが歩けない。トイレがうまくいかない、といったことで落ち込み気味。楽天家の母がこのままでは厭世家《えんせいか》となってしまいそうだ。

M姉が今朝は母に食事を用意してくれたとかで見直した。ところが夜行くと、母は四〜五時間も台所で立ち上がれず、もがいていたらしいが、その間、M姉は「我関せず」で寝てござる。母にしてもちょっと手を加えれば改善できそうな点はある。

①ズボンを引きずる→ゴムを強くする。②ベッドに上がれない→上がらなくても下のコタツで休んでいればよい。③パジャマやシーツをぬらす→思い切って夜間はパンツ式おむつを着用など（平成二四年三月号）。

一九　変転④

一九九八・平成十年五月〜六月。

同窓生のN子ちゃんから突然電話で「完熟イチゴを今朝摘んだのでお分けしたい」とのこと。待っていると何と車の後部座席には発泡スチロールの大型容器に山盛りのイチゴ。結局、旧友、恩師、母宅など九軒に宅配。風雨の中、ずぶ濡れでチャリを飛ばす。イチゴを配り、皆さんからは笑顔を頂いた（イチゴ宅急便は数年続く）。

憲法記念日、昨年母が元気のよい日々に通った、道の上方の畑まで歩く（母は押し車で）。久しぶりに顔見知りの小父さんとも会う。この一か月、母は床を這いずり回り、再起不能と思われる場合もあった。それを思うと本当に素晴らしいことで、有難い、全く有難い。

今日は話題が次々と変わって、口も達者。ちょうど新聞にもEU（欧州連合）の記事が出て、ヨーロッパでは共通通貨のユーロを十一か国で用いるらしい。「これが実現したら、国もなくなり戦争もなくなるかもしれないわね。そしたらどんなに良いかしら」とか「あんたにすすめられて読んだ本（前出の『橋のない川』など）とかで、私もいろんなことを考えるようになったわ。今まで知らなかったんですもの、良い勉強になったわ」と母は明るい表情で語る。この年齢での精神の柔軟さには、いつも感心するが、それは母に限らないことかもしれない。お陰さまで自分までが明るい気分。身近なところにも感動は転がっているものだ。

母は一昨日えらく元気で食事作りにまで手を出したらしいが、昨日はダウンで小水を漏らし、パジャマ、シーツ、布団などを総替え。今朝もまた同様で、ほとんど食事も抜いているらしく、私が持参したヨーグルトを夢中で頬張る。でも一応収まったようなので帰宅する（今日は西有家のK姉も来泊）が、夕方電話すると、吐いたようで様子がおかしい。すぐ行くと、嘔吐と排泄が重なり、いつかのメニエル症状に似ている。着いた時、母はベッドの上で尻を露出し、半ば意識不明。シーツやパジャマには大便が付着し、それを手でまさぐっている（もしかするとチリ紙で拭いているつもりだったのかもしれない）状態。K姉は立ったままオロオロするばかり。残念ながら彼女に任せてはおけないので、尻や股間のウンチを拭き取り、ズボンを着せ、下に寝てもらい、ベッド上の布団やシーツを交換。さらにU先生に電話で往診をお願いする。夜九時過ぎだったと思う。

今考えると、これは先生にきて頂くほどのことではなかったのかもしれない。先生が見えた時はもう大分回復しており、何とも申し訳なかったが、一時は症状の異様さに打たれ、もしや……とも怖れたのだった。

それにしても先生の診察中、M姉がテレビを消さないので（消しなさいと言ってあったのに）、怒って彼女の肩を叩く。その口調がきつかったのか、U先生、看護婦さんとも驚いた様子。自分も大人げないが、彼女の小児的非常識にはいつも不快。その後、毛布など大物の洗濯。これはもうお手上げ（実は午後もずっと洗濯していた）で、コインランドリーに駆け込んだが、今度は時間外ということで、管理者から注意された。

これから、同様のことが続くのだろうか。まず自分がしっかりしていないと、全てがガラガラと崩れてしまいそうだ。正直なところ、不安でたまらない。しかしいつの間にか、母の汚物を平気で扱っている自分がいる。これだけは評価できるかな。（K姉とは嫁いだ二番目の姉。週に一回、母の家に泊まりにきていた）（平成二四年四月号）。

二〇　変転⑤

一九九八・平成十年六月～七月。

母のウンチをぬぐい取るために、肛門のあたりを拭いている。以前「自分にできるだろうか」と心中密かに恐れていた「下《しも》の始末」を今、自分はやっている。平然とそれが出来ることがやや不思議でもある。しかし、元来大したことではないのかもしれない。女性に出来て男性に出来ないはずもないではないか。自分には清掃作業員や妻の看病時の体験もある。

母がまた平静に戻ってきたようだ。昨夜はおむつ式パンツを強く拒《こば》み、どこか宏（私）への反抗心と言ったものさえ、ほの見えたようだった。明治の誇り高き女性で、羞恥心《しゅうち》といったものが強い母にとって、ベッド上に転がされ、下半身を露出したり、ウンチを拭いてもらったりするのは、耐えられないことだったかもしれない。だからこそ出来るだけ事務的にやった面もあったのだが、もう少し慎重に対処すべきだろう。

自分はこれまでの人生の中で、母には本当にお世話になった。そのことをいつも忘れず、母の態度がこの先どう変わろうと、暖かな言動で母を包んでいこう。妻が生きていたら真っ先にそのことを注意してくれたことだろう。

今日びっくりしたことは、母が『指輪物語』（ＪＲＲトールキン作・瀬田貞二訳・評論社刊・六巻）について、「なんと言ってよいか分からないほど優しい物語」と評したこと。自分も二巻三巻と読み進むうちにその世界に引き込まれたが、第一巻では「変わった筋立ての物語」と言った印象しか受けなかったような気がする。それが母の場合、まだ一巻目なのにそのような「優しさ」を感じることが出来たということ。

ここで思い出すのは、この六冊の本を読んだ時の事情だ。かつての教え子A子は、自分自身にも周囲にも絶望し、登校拒否から高校退学に至り、自室にこもる生活を続けた。その折、ほとんど唯一の支えがこの『指輪物語』であり、彼女はベッドに転げながら、この本を繰り返し読んだらしい。私は彼女を理解するために、長編を呪いながら読み、結局ファンとなったが、魅かれた点は「優しさ」ではなかった。ホビット（こびと）たちが自分の人間的弱さに悩みながらも、巨悪と闘い抜く姿だった。私はA子も同じ点で勇気づけられたのだと考えていた。

しかし母の言葉を聞いて思い当たった。当時A子がこの作品に支えられたのも、私にはぴんとこなかったが、「優しさ」が最大の要素だったのかもしれない。A子と母を会わせたかったな、とふと夢みたいなことを思った（『指輪物語』を映画化したものが『ロード・オブ・ザ・リング』だが、原作の方がはるかに素晴らしい）。

この自分は、たとえば封建社会に生まれていれば、君主に忠誠を誓い、それを生き甲斐とするような単純な人間である。いつか母と天皇観のことで言い合った時、母から「あんたこそ、その時代に生きていれば、忠君愛国の第一人者、北一輝みたいな右翼の頭領になったかもしれないわよ」と言われた。そんな才覚はないから大物にはなれないが、確かに忠君愛国の中におのれの全てを燃焼して満足するような人間となっていたかもしれない。

だが、私はそういう時代に生まれたのではない。先人の無数の犠牲と悲劇の上に築かれた「平和憲法」に守られながら、人生の大半を送ることが出来た。それは何よりの幸福だったと感謝している。だからこそ私はこのような人生を選ぶことを許されたし、実際選んだ（平成二四年五月号）。

二一　変転⑥

一九九八・平成十年八月〜九月。

うだるような暑さが続く。お盆あたりまで悩まされるのだろうか。稲の生育には良いことだ。子供の頃なら、すぐ海に飛んで行っただろう。満潮であろうと干潮であろうと、夏の海浜は子供の天国だった。

母は気迫というか、意地というか、朝は十時過ぎ、すでにカンカン照りの太陽の下、必ず外出を実行。その間、あまりおしゃべりもせず（歩くだけで精一杯か）、黙々とひたすら歩き、近所のおばさんの庭か、その上の畑まで達すると、近頃は休みもせずに戻ってくる。後半は無事に帰りつきたい一心のようだ。

このコースをお付き合いで歩き始めて、もう二年が経つ。その間、母は何度も体調を崩しては弱音を吐き、我々もダメかと思ったものだ。しかし今、炎天下を執念のように歩く（手押し車にすがりながら）姿には、何やら威厳のようなものすら感じられる。

九月十一日、妻の十一回忌。眉山裏、千本木墓地のかなり手前から、自転車を下りて押す。

一昨年、帰郷後、初めてここを訪ねた時は、雲仙普賢岳噴火後で、坂に掛かる道路はズタズタに切断され、辺りには草と灌木が生い茂っていた。今は様相が一変し、広い立派な道路がほぼ貫通している（眉山ロード）。前回、七面山への登山口を探したあたりで休む。

山の木々、セミの声、空、雲、風、陽光、草いきれ……それらは、皆、妻が好んだもの。妻の雰囲気そのものだ。

風が吹き少し涼しい。夏の疲れが出たのか、母はこのところやや不調。昨日、今日と一日に三回ずつ母宅を訪ねる。台所まで連れて行き、用意し、食べてもらう。そのひとつひとつのお世話がイヤなのではない。しかし、そのような繰り返しで数時間が経過し、一日が終わる。それで疲れる。今後を予測して気が重くなる。ああいけない。まだ「戦い」以前なのに、すでに負けている。

自転車で飛び出し、宇土神社を越え、西公園で休む。見おろすと、遠く有明海、対岸には熊本、天草の青い山並みが続く。自分が封建時代にでも生まれていたら、一生、この海を渡ることなどあり得なかっただろう。この光景の中で、対岸の人々のことを想像して、昔の私もきっと夢をふくらましたことだろう。

塾の給料がいきなり九万円減で、実額十三万円余となった。時間数がかなり減ったのだから文句も言えないが、月三万円の借金返済、同額の家賃もあり、かなりきつい。新聞などをやめ、「粗食は健康の素」という母の教えを、さらに徹底するしかない。

オーストラリア渡航（私費留学）を前に、長男が帰省する。大手のうどん屋さんで話が始まる。彼はシドニーまでの飛行機切符以外は、宿も仕事も学校も全くの未定。留学ではなく、まるで放浪。しかし彼は大学卒業より二年半、TV関係などの企業で、悩みつつも休日返上の勤務を続け、渡航の準備をしたらしい。終始明るく何の屈託もない。語り、笑い、共に母宅を訪ね、雲仙の温泉に浸る。

彼と同年頃の自分を思い出す。当時、私は清掃作業員として（中卒資格で）周囲の心配をよそに、思う存分の毎日を過ごしていた。「無謀なことは慎め、人生は甘くないぞ」などと説教する資格はないかもしれない。

彼と弟は前日、京都で母（私の妻）の墓に詣で、お土産を探し、結局、生八つ橋と清水焼の湯呑を、父（私）、祖母、おば（M姉）に贈ってくれた。私の分は青磁だ（平成二四年六月号）。

二二　変転⑦

一九九八・平成十年十月～十一月。

昨日、母は転んで胸を打ち、サロンパスを探して夜の市内を自転車で走りまわる。今朝見ると、左眼のまわりに「くま」ができている。取り敢えず肩、胸には膏薬《こうやく》をはる。母のパンツを取りかえ、膏薬をはりかえている間も、M姉はTVを隣室で観ているだけ。「ご苦労様」のひと言もない。自分の知識を吹聴できるような場合は、なかなかの理屈も口にする。

このような人間が姉であることの苦々しさは、十代の頃から四十年以上続く。単に東大卒であることだけで、一目置く世間のバカバカしさに、以前は腹立たしくもあったが、それを口にするだけで人はむしろ私の方を非難した。

おかしなことだが「東大病」は国民病でもあるようだ。それを正面から問う人は保守から革新まで皆無に近い。兄嫁から嫌われたのも、私が学歴社会に全く敬意を払わず、学歴を無視して清掃の現場に飛び込んだり、中卒の女性を妻（結婚を決めるまでほとんど学歴は知らず）に迎え、それで満足していたあたりに遠因があったのかもしれない。近代天皇制と学歴社会とは、国民統制のために、明治の元勲たちが成就した見事な発明、と私は考えている。

それはともかく、母親介護という充分に意味のあることであったとしても、その現実に固定され、自由を奪われ、その中で人生の終盤に近づくことの情けなさ、悔しさには胸が苦しくもなる。しかし「被害妄想、恨み節、クヨクヨ根性は夢を腐らせる」（机上に貼ったメモ）それもその通りだ。このままでは自分は自ら腐り果てるのではなかろうか。

母は昨夜、食事がうまくいかなかった。私が着いた時、台所で立ったまま、ヘルパーさんが作ってくれた煮魚を手づかみで食べ、床にこぼし、そこへアリが群がっていた。母はやや逆上気味で、「自分で食べられないんだからしょうがない。どこでも好いから入院させてよ」などと口走っていた。

昨日、母は手すりにつかまりつつも、部屋の入口でヨロヨロとへたり込み、ベッドに上がれずにいたらしい。そこへちょうどヘルパーさんが到着。右大腿部が強烈に痛むというので、ヘルパーさんが私に電話し、私が駆けつけた次第。

結局、U先生の指示でI外科に入院。その間のドタバタ騒ぎの中で、M姉とこれまでのことを言い争う破目となる。「徹底的な東大嫌いになったのも、まずあんたのせい」と言うと、「わたしがいなくても、学歴主義的な人生を送りはしなかっただろう」とやや意外な表現を口にする。

Ｉ外科には一週間入院で私も泊まり込む。そこから塾に通うが、夜九時消灯には悩まされた。やがて大腿部骨折と診断され、県立病院で手術するか否かが問題となる。本人、西有家のＫ姉、東京の兄が「九十五歳で手術とはねえ」と迷う中で、Ｍ姉のみが「放置して治らないなら、やってみた方が良いに決まってる」と言い放つ。これにはなかなかの見識と姉を見直す。私も同意見。

県立病院に入院した母は、嘔吐《おうと》、失禁の中、足の牽引《けんいん》を外してくれない看護婦さんを声高にののしる。「あんた鬼みたいな人ね、私が死んでもいいの。いいわ、死んでやるから。でもあんたも一緒に死ぬのよ。わかってるわね」

初めて接する凄まじい母の形相《ぎょうそう》に私はたじろいでしまった（平成二四年九月号）。

二三　変転⑧

一九九八・平成一〇年十一月〜十二月。

母の、看護婦さん方への悪態は、入院三日目に電気毛布を入れてもらい、体中が温まるようになって、かなり収まった。しかし今度は嘔吐が続き衰弱気味で、言葉も出ない様子。外科の先生は「体力低下状態での手術は高齢ということもあって危険。少しでも回復を待ちたい」。内科の先生は「ガス性腸閉塞で腸が機能していない。あらゆる方法を試みたが治らず、現在の点滴では体力低下を来《きた》すので、中心静脈栄養（血管に管を入れ栄養剤を注入）に切りかえる」という方針だった。

この間、中学同窓会事務部六人で、恩師二人をお招きし「戦争直後の食事をしのぶ会」をM家で開く。持ち寄られた手づくり食材は、だご汁、酢の物、がんもどき、あえ物、友人女性の夫が釣ってきたイカ、ピーナツ豆腐、はったい粉、ふかし芋……盛んに頬ばりながら、両先生より戦中戦後のお話しをうかがった。

十二月四日、手術日。昨日「明日手術します」と告げられた時は、意外な気がしないでもなかった。それまで何度も変更があった。東京の兄も「変更がなければ駆け付けるが、無謀なことはやらないで欲しい」と乗り気でない。

外科のN先生が口早に説明。

「放置しても条件は悪化するのみ。リスクはあるが決断するしかない。手術中止という選択肢もあり得るが、骨折の痛み、歩行不能、寝たきり、痴呆、褥瘡《じょくそう》（床ずれ）と続くかもしれない」と言われる。

手術してもそのような危険性は伴うが、試みる価値は充分にあるとのこと。ここまできて変更する理由はないと、最後は私が判断して手術を承諾する。

夜になって考え込んでしまう。高齢に加え、この二週間点滴のみで経口食ゼロ。もしかすると母の体力は手術に耐えられないかもしれない。だが母の年来の望みは「他人に迷惑はかけたくない。寝たきり、特に植物人間にはなりたくない」だった。母の意向にも手術は合致するのではないか。しかし……寝苦しい一夜だった。

正午過ぎ、母が手術室に運び込まれた直後、K姉夫妻、東京の兄、おばたちが順に到着。ところが手術終了予定の二時半が過ぎ、三時になっても手術室のドアが開かない。少々兄がいら立ちを見せ、不安の念に皆がとらわれ始める。やっと三時半頃、付添いの看護婦さんが姿を現す。さっと一同が立ち上がり、母の台車に走り寄る。

意外にも母はかっと眼を開き、「右足はどうなったの。右足を切ってしまったんじゃないでしょうね。そんなことしたら許さないから」などと声高に口走っている。気がゆるみ、一同声を出して笑う。自室で看護婦さんに足を見せてもらい、母も納得。経過は良好なり。

その日、母と同室でやはり手術を受けた女性がいた。やや痴呆気味（若年性認知症）で、いつも四十歳くらいの息子さんが付き添っておられた。彼は一人で十年以上母親の世話を続けられた由。ある夜、病院の一角で消灯のまま語り合う機会があり、彼の経験、知識、情熱に舌を巻いた。その彼と昨年（二〇一一年）再会を果たし、「認知症の人と家族の会」島原支部「お城の会」を共に立ち上げることとなった。その彼の二十六年に渡る母親介護体験をこの十二月、島原福祉センターで講演して頂く（平成二四年一〇月号）。

二四　変転⑨

一九九八・平成十年十二月。

母は手術後急速に回復し、三日目に重湯《おもゆ》を飲み、その翌日からは流動食をおいしく頂く。口の方も活発で「ビックリするほど可愛くなって、お芝居一座を結成してやる」などと、それまでの母からは想像もつかないようなことを宣《のたま》う。明治の女性で良妻賢母型人生を順守したその胸中には、やはり様々な思いも秘められていたということか。

しかし「お金は誰だって欲しがるもの。それが要らないなんて言うあんたは、偽善者《ぎぜんしゃ》だわ」と言われた時は、かっとなり「見当違いなことを言いなさんな」と大声を出してしまった。驚いた看護婦さんが飛び込んできて、大変恥ずかしい思いをしてしまった。

実はちょうどその頃、金にまつわる悲喜劇が身辺に起こっていた。

第一部《男の、子育て日記　二五》で、息子たち二人の反抗ぶりを紹介、次男は大学四年でも就職活動なしと書いた。卒業後、彼はアルバイト漬けの一年で学費、生活費（三百万円）を貯め、東京の服飾専門学校に、高卒生と共に入学。息子たちは学生時代、生活費はバイトで賄い、親の私は授業料のみを負担。だから大きな顔は出来ないが、それでも、学費捻出に苦労した日々は何だったのか、と私には少々冷《さ》めた気分もあった。もちろん彼が自分で選び直した人生への祝福の気持ちの方が大きかったが。

ところがである。京都から東京への転居の際、彼は虎の子の三百万円入りのバッグを、トラックの運転席から離れた数分の間に盗まれた、というのだ。電話で知った時、私は言葉を失った。さらに「緊急に入学金七十万円を専門学校に納入しなければならない。何とか貸してもらえないか」というのである。私自身、借金も相当残り、貯えはゼロに近い時代だった。

結局、当時私が管理していた母たちのささやかな資金から流用するしかないと、渋るM姉を拝み倒して送金。彼の実情（授業を受けながら食費、住居費などを稼ぐ）を考えれば返済はかなり困難。私が夜の塾講師以外に、母の介護と両立するバイトを始めるしかないと覚悟した。

しかし、彼は専門学校に入学するや、掛け持ちのバイトをこなし、一年間で借金を完済。服飾関係で授業の提出物も多かったらしいが、一点も欠かさず提出。授業も皆勤。二年次から特待生に選ばれ、授業料減免の適用。極端な睡眠制限の彼の生活に僅かばかり光が射した。

一方、好条件の商社を辞め、明石家さんまなどのバラエティ番組作成TV会社も辞め、休日返上勤務の中で用意したオーストラリア私費留学を開始したばかりの長男は、弟が盗難にあったことを知り、即刻帰国も検討。しかし帰国は思いとどまった。またそれで良かった。

ただし彼にも波乱あり。仕事探しでシドニーの裏道を歩いた折、男に「金を出せ」と刃物で脅され、元陸上部の彼は全速力で逃走。ところが男の犬にガブリと脚を噛まれ出血多量、救急車で病院へ。数年後初めてそれを知った時、母はもういなかった。

「実はあの時、一番お金が欲しかったんだよ」と母に告げたかった。お礼も言いたかった（平成二四年一一月号）。

二五　変転⑩

この項のみ（現在）二〇一二・平成二十四年頃の心境を記す。

私の空想好きは、いつから始まったのだろうか。運動が下手で、泣き虫だった幼少年時代、外で元気に遊び回るよりは、本を読んだり、空行く雲をボンヤリ眺める方が好きだった。友人たちがいてくれたお陰で、孤独の世界に埋没することからは免れた。

姉たちは、敗戦による満州からの引揚げで、父の郷里島原に転校。言葉は違うし、友人もなく生来の内向性に輪がかかった。下の姉（K姉）は、極端に不器用、無欲、社会生活不適応型人間で、読書や宗教生活に逃避。上の姉（M姉）は唯一取り柄の記憶力で東大医進コース（当時理Ⅱ）へ。体力不足などで挫折し文系転部。心身を病み卒業後は帰郷。全く外出することなく廃人とも思われそうな生活が続いた。

父は七十歳で急逝。母は娘たちへの責任を一身に負いつつ、しかし具体的な方策は見出せないまま、ひたすら娘を外部から隠した。三十年の、時が流れた。当然、長兄や末弟の私にも責任はあった。

長兄は世間的にはエリートコースを歩んだが、戦後の混乱期、アルバイトだけで大学を出る剛毅さも備えていた。年齢がひと回り以上違い、子供時代、私には常に雲の上の人、畏敬すべき存在だった。だが彼は、我が子を連れては（誕生直後を除けば）島原に一度も帰省しなかった。優しい性格の彼は幾度となくそのことで自分を責めたに違いない。しかし彼は、我が子二人に廃人とも思われそうな妹の姿を見せたくなかったのだろう。それにも増して少々折り合いの悪かった妻に、生身の妹の姿を晒《さら》す勇気を持てなかったのではあるまいか。

そのような兄を母が責めたことは一度もなかった。実は母自身も同様の思惑を抱いており、ある種の利害関係を共有していたということ。

しかし私は兄の非人間的態度を許せなかった。だから、自分が結婚しようとする前には、必ず姉のことを相手に告げたし、それで結ばれなかった愛もあった。まず姉の存在に耐え得るような相手であるか、をいつも問題にしてきた。

実際私が結婚した時、新婚旅行には島原を選び、髪を振り乱し一年以上入浴していない姉に、新妻を引き合わせた。幸い妻の神経の大らかさは、何の影響も受けず、後々彼女から姉問題への早急な対応を促されることすらあった。

東京の私立中学教諭から、未知無縁の京都府亀岡市に転じた折、教育者としての非力を恥じた理由もあったが、私の主目的は、母と姉たちを呼び、同居生活の中で姉たちに人生再出発を促すことだった。息子たちが小学生となる希望の時代とも重なっていた。姉たちを東京に呼び寄せようと兄夫妻に相談を持ちかけ、一蹴された事情もあった。

共同生活用に二階建ての借家を見つけたが、母たちは決断できなかった。時が流れ、思いも寄らない妻の発病（脳腫瘍）となり、姉たちを気遣う余裕が自分には失せた。

その後のことは《男の、子育て日記》にも記したが、この間、母は一人で娘たち（下の姉は嫁いだが）の面倒をみた。私が子育てを終えて帰郷した時は、九十三歳だった。

冒頭に記した私の空想好きは、高校時代にブラジル移住、北大志望へとふくらんだ。学生時代の施設児童との交わりと挫折、社会問題への傾斜と迷い、学歴否定の現場生活、中卒女性との結婚、全ての基礎に、実はM姉からの逃避、というより彼女を一つの具体例とする日本式学歴社会への私なりの反発があった（父兄も東大卒）。その反発の意味をここで高齢の母に伝えるべきか迷った（平成二四年一二月号）。

二六　安定①

一九九九・平成十一年二月。

冴えかえる／　如月《きさらぎ》の空の／　蒼《あお》さかな

県立病院での三か月近い入院、骨折手術、リハビリの後、転院先が決まらずに困惑したが、母は結局、旧知のU医院に落ち着いた。母の部屋は老朽化した木造病棟（全員個室）の二階角で、カーテン越しに陽光がふりそそいでいた。二月一日、転院が終わり、ベッドに横になった母は、私が手続き終了後に顔を出すと、「俳句できたわよ」と、久々の穏やかな笑顔で、冒頭の句を紹介してくれた。

ここは、超近代的な医療機器といったものはあまり見当たらないが、居心地の良い雰囲気に満たされていた。部屋は古いがゆったりと広く、絨毯《じゅうたん》が敷かれ、整理だんす、オルゴール付長椅子、丸テーブル、冷蔵庫などが備わっていた。石油ヒーターで暖かく、陽光も角の部屋なので二面の窓から射してきた。時間制限ゼロ、付添いにも食事可、至近距離（私の借家から自転車で七、八分）といった点など、私にとっても好都合だった。

ただし条件として、高齢者対応型の医療施設ではないので、リハビリ療法は出来ない。また日々のオムツ交換なども、原則的には付添いでやって欲しい、とのことで私は了承した（まだ介護保険施行前）。

翌朝から、朝六時五十分に自転車で家を飛び出し、七時には病室へ。ヒーターに点火し、オムツ交換、全身清拭《せいしき》を済ませ、八時の朝食に間に合わせる。まだ食事介助は不要だったので、私も同時に朝食（全く同じメニュー）を頂く。その後、U先生の回診、看護婦さんによる検温、血圧測定などがあり、異常なしなら九時過ぎには自由。という生活が始まった。

このシステムが私にとっては大変有難かった。と言うのは、その自由時間で、夜の仕事（学習塾講師）の準備、また読書時間が確保できたからだ。

正午前、オムツ交換を済ませ、昼食を私も頂き、通常午後一時頃には片づき、少々の雑用後、職場へ。

夜は十時過ぎに塾から帰宅し、自転車で十一時頃までに再訪。母の部屋でその日最後のオムツ交換。その後帰宅して就寝。この繰り返し、生活リズムが、その後約二年続いた。ただし、母の体調が悪い時には、オムツ交換の回数も増え（私の外出中、看護婦さんがやって下さる場合もあった）、シーツや布団などもよごれ、仕事量の多さに疲れ果てた。母と感情的に反発し合い、言い争い、後悔で胸を暗くする日々もあった。深夜でも駆け付けて下さるU先生の温情と、看護婦さん方の明るい声援に力づけて頂いた。

U医院にお世話になり出した当時の日記にこう記している。

—東京の兄が帰省してくれた。近頃、彼は会うたびに私への態度が丁重となり、少々くすぐったい。自分は、兄の、特に兄嫁の冷酷さを怒って（恨んで）きたものだった。しかしまあ、そんなことをしていても仕方ないか。もっと明るい生産的な方向で生きようじゃないか。そこに彼らを超える道もあるのではなかろうか。他人を恨む時、自らも夢をしぼませているのではないか、と近頃感じ出してきた。

しかしなあ、県立病院で母が手術前、体調が悪く精神的にも追い詰められた時、普段見られないような悪態を看護婦さん方に叩きつけたこと。それは責められない。もちろん、状況次第では自分にも充分予想できることだ。皆、それぞれ弱さを背負って生きているのだ（平成二五年一月号）。

二七　安定②

一九九九・平成十一年三月。

母は三日続けてオムツを外してしまい、シーツ衣類まる汚れのひと騒動となる。特に今日は、オムツパッドを透して布団までぬれる。看護婦さんにも二人きてもらう。本人はちょっとした錯覚（潜在的には、オムツが不快で仕方ない――との思いが、積もり積もって？）で、ちょっと外してみた、だけなのかもしれないが。それにしてもあまりに時間がかかりすぎる。明日から夜は十一時から十二時にずらしてラストチェックをしよう。自分の睡眠時間確保も大切だが、仕方ない。

今日はもうひとつ小事件があった。午後一時過ぎ、母が一人でムクムクと起きだしたので十五分ほど静観。なんと窓を開け、ベッドの枠に足をかけ、そこから外へ出ようとするではないか。ここは二階なので極めて危険。呆れてしまったが、いきなり怒鳴ってはまずいと思い、やんわりゆっくり、笑いながら止めると、すぐ納得してそのままベッドへ戻ってくれた。

U医院に転院した直後から「清水式リハビリ」を母と一緒に考案し実行していた。毎日の成績を一覧表にして壁に貼ったが、早くも四十回を数え、三日前はベスト。

「一人でベッドから降り、数歩の伝い歩き後、椅子に腰かけて小休憩。一から十まで数えて立ち上がり、ベッドまで数歩歩いて戻り、一人で這い上がる」そのフルコースがパーフェクトだった。

小さなことでもギャアギャア喜ぶこの親子は、「ヨーシ、先は明るい！」とばかり手を打って喜んだのも束の間、前記の連続オムツ外しとなる。しかし、なるほどそうかと思い当たった。つまりパーフェクトの高揚感後に、オムツ外しがあり、自分でも納得がいかない、もっと自分はやれるはず、やって見せたい——そのような欲求といったものが、ともかく窓から出てみよう……につながったのではないか。まあ、それにしても、危険至極。当面、窓のネジは強く締めさせていただこう。

同時に自分の怒り方も反省。確かにその時の本人の体調、病状に大きく左右されるわけだが、こちらの扱い方対し方によっても、結果がかなり違うようだ。つまり時間がなかったりイライラしてつい手荒に対応すると、それが見事に本人の体調不振の反応となって現れる。出来る限り丁寧にやさしく笑顔で対すると、効果はてき面で、「あれ！」と思うほど表情が穏やかになる。動作も落ち着く。……もしかすると痴呆などの発症も全部とは言わないが、かなりの部分、周囲の対応によって、作られたり逆に抑えられたりするのではあるまいか。心せねばならない。

ふと、妻のことを思い出したが、彼女は、人生の中で何かコトを為してやろう、それが成就《じょうじゅ》しなければ生きている意味などない――などと考えるタイプの人間ではなかった。目標を立てての努力は惜しまなかったが、大きく眺めれば、毎日が健康で楽しくさえあれば満足で、また周囲の人たちにも同様のことを願っていた。その人生態度（自然体）に今の自分は、素直に学びたいものだ。彼女が私に言ったことがある。「あなたは気が小さいけど、心は案外広いのね」と。

そうそう、目先のことにクヨクヨするばかりでは、自分の幸せはつかめないタイプだったよなあ（平成二五年二月号）。

二八　安定③

一九九九・平成十一年四月。

島原に帰郷する前、母の介護を覚悟した際、経済的なこと、自分の人生設計といった大きな問題とは別に、予想された困難がいくつかあった。その一番目は「下《しも》の始末」だったが、ここまで書いたように、案外簡単にそれはクリアできた。

食事の世話も介護時の大きなファクターだが、U医院入院後は、病院食といっても、院長夫人が指揮する厨房《ちゅうぼう》チーム特製の三食に母は満足したし、朝昼食は私もお世話になった。

実は母の歯磨き処理を私は密かに恐れていた。総入れ歯なので、誰かが母の口からそれを外して磨けばすむのだが、その「誰か」になりたくなかった。母親とは言え、他人の口から唾液まみれの歯型を取り出す作業は、想像するだけで気持ちが悪かった。二週間ほども放置したが、私が嫌がっていることを察してか、母も触れなかった。食事後、ベッドテーブル上のコップでうがいをしてすませていた。

ある日、転機が訪れた。母に顔を近づけるといささかの異臭。口臭と気づき、「ここでやらなきゃ」と覚悟。素知らぬ顔で「ちょっと入れ歯洗おうか」と言うと、母も素知らぬ顔で「あら、悪いわね」と自分の指で取り出す。「おっとっと」などと言いながらプラスチックの容器で受け、洗面台へ。ゴシゴシと歯ブラシで洗い、一件落着。何のことはない。オムツ交換より何倍も簡単。まことに「案ずるよりは産むが易し」である。

さて、今日は待望の「お花見デー」。

母と、もう一人の患者さんをそれぞれの車椅子で、医院の近くの島原城桜トンネルまで、看護婦さん二人と私、計五人が同行。春暖陽光の下で、たっぷり花を楽しむ。親戚のSさんが通りかかり久しぶりに母と花の下での対面。看護婦さんのおごりでアイスまで戴き、母もご満悦。強い日射しにも負けずに帰院。

ところが数日後、ひどい便秘に悩まされる。三日目は夜中にもがき布団も外れて冷えたらしく、朝行くと顔をしかめ脇腹の痛みを訴え、やがて吐く。前日から通じ薬も服用していたのだが、苦しむ一方である。尻の穴を見るとウンチが見えている。「摘便《てきべん》の時だ」と悟り看護婦さんに応援を頼んで挑戦。超薄手の手袋をはめ、尻の穴から指を突っ込み、肛門付近の固いウンチをほじくり出す。初体験の慣れぬ手つきで指を突っ込んだので、さぞ痛かっただろうに、便秘の苦しみの方が圧倒的だったらしく母は文句も言わない。出口付近の固まり数個を除くと、出るわ出るわ大量の排便。U先生も休日だったが来て下さり点滴。その後は経過良好。

U医院では、純医療行為以外はかなり自由に任せられたが、U先生には他の面でも教えて頂いた。

その頃、先生からお借りした小説『辛酸』（城山三郎著）には大いに励まされた。その感動を日記に記した。

―日本で初めての公害問題とも言われる足尾鉱毒事件と命がけで闘った田中正造の、すさまじい記録。彼は鉱毒問題のためにすべてを投げ打った。代議士の地位も、財産も、名誉も、家族も。そして名をなした英雄としてではなく、ボロをまといずだ袋ひとつを残し、文字通りの野垂《のた》れ死にをする。このような人生を自ら選び取った大先輩を心から誇りたい。しかし谷中村の人々は自ら選ぶことが許されない中で、野垂れ死にをするのだ。ここにこの作品の真価があり城山三郎氏の面目があると思う（平成二五年二月号）。

二九　安定④

一九九九・平成十一年五月。

母の頭髪の処理には少々悩まされた。自宅ではヘルパーさん方から時々はさみでカットしてもらっていたようだが、そこまで、忙しいU医院の看護婦さん方にお願いはできない。床屋さんや美容室まで車で連れて行くほどのこともあるまいし、と思案した。結局、一番簡単な解決法は「私が切ってやれば好い」という、そのことだった。

工作用の小さなハサミを手にした私に母は、「変な風にしないでね」とやや不安げ。約十分で終了し、「ほら、オードリー・ヘップバーン型の短髪にしたよ」と鏡を見せると、「ずいぶん短くしたのねえ」とやや不満げ。そこへ来合わせた看護婦さんから「あらぁ、ミツさん（注）格好いいわあ、二十歳くらい若返ったみたい」と言われ、ようやくニッコリ。

（注）母は看護婦さん方から「おばあちゃん」と呼ばれると御機嫌ナナメで、いつも名前で呼ばせていた。私が「九十代の人を、おばあちゃんと呼ばなくては、その言葉が死語となります」と言うと、「孫が呼ぶ時だけ使えば好いのよ」と澄まし顔だった。

五月晴れの日、中学時代の友人と、ワンちゃん一匹を連れて島原の眉山《まゆやま》登山。普賢岳には中学の遠足や仲間との登山で何回か登ったが、眉山七面山は初トライ。頂上付近の鎖が頼りの道の険しさは意外だったし、頂上にお堂があることも初めて知った。青くかすむ有明の海を見下ろす眺望はさすがに素晴らしい。彼は棒切れで木の幹を叩きながら登ったが、雲仙普賢岳噴火以来、急増したイノブタ（放置されたブタと野生イノシシとの交配種）よけだそうで、愛犬を連れてきたのもその目的だったらしい。確かにあちこちに掘り返された土の跡が新しかった。

U医院に転院して四か月、母は下痢と便秘を繰り返し、時には高熱嘔吐で私たちを驚かせたが、大きく見ればそれなりに安定した時を過ごしていた。それ以上の悪化は見られず、常時、先生や看護婦さん方のケアに守られ、美味しい食事が毎日部屋まで届き、部屋は老朽化した木造病棟だが、広々として日当りもよかった。院長の方針で、三か月単位の転院の心配も皆無、高齢の母の入院費用は案外安価でもあった。

しかしそれで私が、安定し満足した気分で毎日を過ごしていたのでは決してない。介護の苦しさには二つの側面がありそうだ。ひとつは当人の病状に合わせた生活の確保、医療や経済的問題。もうひとつは、介護する者自身の生活、精神的問題、人生であろう。

私は帰郷前、すでに妻の看護、他界後は息子たちの子育てと、夢中の十数年を経ていた。私にとってこの間の苦しさの内容は、経済的窮迫まさに金欠であり、それに常時圧倒された。(第一章「男の、子育て日記」参照)。

しかし今、母の介護に小康期を迎え胸を衝《つ》く思いは、自分の人生の希薄さへの底知れぬ寂しさだった。十八歳で憧れて未知の北海道に渡り、学業よりむしろボランティア活動から目覚め、理想を追って人生を選んできたつもりの自分。すでに五十代後半、母のオムツを替えながら、このまま一生が終わるのだろうか……。耐えがたいような焦燥感の中でひもといた書が、『「世界」主要論文選』(岩波書店刊)だった。この千ページ近い書を、亀岡時代に宝物でも所有する気分で手に入れながら、これまで何年も手つかずのまま過ごしてきた(平成二五年四月号)。

三〇　安定⑤

母との対話のひとこま。
母「あんた案外浮気なのね」
宏「え、何のこと?」
母「この前、マンガの『カムイ伝』っていうのかしら、それ、頭から湯気立てて宣伝してたくせに、今度は山手樹一郎の時代小説『桃太郎侍』も愛読書?」
宏「そうさ『桃太郎侍』は独身時代の愛読書。結構好きだった。でもそれで人生を支えられたってことはないな。今読み出したのは『「世界」主要論文選』。これはもっと面白いさ」
母「へー、二段組みで千ページ。こんな堅物が面白いなんて、あんたも随分変わってるわね」
宏「そうでもないよ。母さんが産んだ子じゃないか」

この論文集(『世界』主要論文選・1946〜1995・戦後五〇年の現実と日本の選択・岩波書店刊)には、戦後半世紀に渡る日本の学者評論家計六十三氏の代表的評論(雑誌『世界』掲載一万篇より精選)が集大成されている。発売された一九九五年暮れ、私は金欠病の吹き荒れる最中にあった。塾業の他に早朝や深夜のバイトをこなし、なお借金は増える一方だった。本書の発刊は知っており欲しくてたまらなかったが、定価二千三百円はほぼ三日分の食費に当たっていた。我慢するしかなかった。

ところがある日、通勤電車中で、前席の男性がこの厚ぼったい書を開くのを目撃し、私は前後の見境《みさかい》もなくその足で書店に直行してしまった。その「宝物」を亀岡から島原へ運んで四年目、U医院で母との共食も含めた介護生活が落ち着き、やっと時間的精神的にも余裕が生まれて、その書をひもといたのだった。

夢中になって読みふけったが、二か月と二十日を要した。何より嬉しかったのは、自分の考えが大きく見れば肯定されていたこと（「国をなくす時代」と六名が説き、「差別幸福観と平等幸福観」を五名が対比）だった。強いて不満点を挙げれば（フェミニズム視点の欠落、六十三名の論者中、女性は二名。また「この論点に立つが故に自分は幸福」と言ったすがすがしい断言が見当たらず）と言ったところだった。

私は十余年、多忙さに負け（通勤電車中を除き）読書から遠ざかっていたが、この母との相部屋読書（？）を皮切りに、その後、フェミニズム書を約五十冊、世界問題書（飢餓、資源、戦争、憲法など）を約二十冊読んだ。それらは私にとって、生き方を決める上での大変貴重な糧《かて》となった。

一方、母の読書は全く気負いのない自然流である。

次に「しまばら通信」（栗原俊彦氏編集・発行）創刊号・一九九〇年（平成二年）九月一日付・より転載。

元気でがんばっています　図書館通い四十年

現在八十七歳の清水さんは戦後、昭和二十一年秋、中国東北部（旧満州の奉天）から夫の故郷・島原に引き揚げてきた。以来四十年、中央公民館時代から図書館に通いつめている。清水さんは「幼い時、いつも母親が児童文庫をよんでくれたのが、本好きになった原因でしょう」と語る。

図書館だよりに「未知の島原に引き揚げ、お堀端の図書館に気づいたときは胸弾む思いでした。これまで種々の困難も読書の楽しみに支えられ、乗り切ることが出来ました」と寄せている。十日に一回は必ず図書館を訪れ三、四冊の貸出しを受けているが「昔は文学全集ものが好きでしたが、今では肩のこらない時代ものが好きで、司馬遼太郎、池波正太郎、村上元三のファンです」と、現在、娘さんと二人暮しの清水さんは思いっきり読書を楽しんでいる。

図書館に／　通い馴れたる／　路も萩　　　清水ミツ

数千冊を読破したようだが、母は一冊の蔵書も残さなかった（平成二五年の読書関連各号より要約）。

三一　別れ①

一九九九・平成十一年春。

母のU医院入院中は、母と朝食、昼食を共にし、仕事（塾講師）後の夜十時過ぎ、最終オムツ交換に通った。この二年間、さらに母子対話の時間に恵まれ、改めて母の心の若々しさ、好奇心の強さのようなものには、感じ入った。

母「あんたはうちの子ども四人中では、異色の存在ね」

宏「へー、どんな点で?」

母「いきなり北大なんて、驚いたわ」

宏「未知へのあこがれと、六人家族の三人が東大卒の、学歴偏重家系への反発さ」

母「カッコいいこと並べるけど、簡単に言えば東大は無理だったからじゃないの」

宏「アハハその通り。でも高一までは出来るかもなんて思ってた。高二あたりから空想癖がちょっと病的になり、実は夜机に向かうと、四、五時間はそのままぼんやり空想にふけってたんだよ」

母「そうそう、うちの子は皆大人しくて実行力に欠け、空想好きだったけど、生存競争には負けてしまいそうなタイプだったわね。でも四、五時間は重症だったわね」

宏「しかし、空想をまず北海道行きで実現できて、本当に恵まれていたと思う。反面、好い気になってますます怠慢人間と化したけどね」

母「あの頃は六〇年安保で、大分迷ったでしょ」

宏「自信がないから逃げて批判され、デモに参加して挫折したよ。クラス討論で『学生の僕たちが一生をかけて社会の底辺でこつこつ地道な運動をすることが、結局、一番重要じゃないか。あそこのテニスコートでそれをみんなで誓おうよ』なんて本気のつもりで発言したら『ナンセンス！』って大笑いされたっけ。とにかく冴えなかった」

母「でも児童養護施設でのボランティア（三年間、週一回宿泊学習指導）は偉かったわね」

宏「偉くなんかない。空想、怠慢、放浪、バイト、留年の本末転倒学生が、やっと子供たちの現実に教えられ、自分の居場所を見つけたというお話さ」

母「へー、そうだったの」

宏「でも確かに身に染みて勉強になったし、お陰で何とか生きていく道もつかめた。でなかったら自己嫌悪で退学してたかもしれないな、本当に」

母「いつも笑ってて、悩むタイプには見えないけどね」

宏「寝泊まりして施設の子らの深い悲しみを身近に知れば知るほど、慈善では解決できない、薄倖の彼らを救うには社会変革しかない、と結論したわけさ。友人たちにも恵まれ、一旦は逃げ出した社会主義に再接近したということ。その後、ソ連崩壊とかいろいろあったけどね」

母「あんたが異色と思ったのは、卒業後十年の現場の仕事も自分の一存で選んだし、学歴を捨てても全然深刻ぶらず、むしろ生き生きと見えたことよ。それだけは我が子ながら時には感心したわ」

宏「そこなんだけど、正直言って深刻どころか毎日が楽しくて仕方なかったよ。でも母さん、僕のこと、案外分かってたんだね。へー、その頃、母さんはオロオロ心配するだけの人だと思ってたよ」

母「もともとそんなヤワな人間じゃないことよ」
宏「三十歳の人前結婚式はひとつの到達点だった。大卒を中卒に詐称しての清掃作業員五年目、相手の娘は本当に中卒（高校中退）で、学歴は話題にならない恋愛と結婚だった。母さんも出席してくれたけど、現場の同僚たちが大声援で式を盛り上げてくれて、高二以来の学歴偏重との闘いは第一ラウンド優勢勝ちで終了、とその時は思ったよ」（平成二六年四月号）。

三二　別れ②

一九九九・平成十一年五月末、島原長浜海岸。

さあ「星」族に徹して、残る人生を送ろう。世間的な報いの有る無しに関わらず人生を精一杯満足をもって終わることができる「星」族の一人として、生涯を送りたい。

夕日が溶けて流れ出したような色合いの有明海が眼前にある。全ての愛憎を穏やかにおおらかに溶かしきって、この水は、やがて有明の海と別れて日本列島を洗い世界の人々の住む大地へと達して行く。

U先生から、「あなたは理想家だ」と半ばからかい気味に、しかし親愛のこもった口調で言われたが、この生き方が自分の幸福であることを示したい。示すことが才能と努力不足で不可能ならば、ただその道を生き抜きたい。

月がのぼったぞ。今宵は満月。さあ足もとの見えなくなる前にひとまず去ろうか。

母、姉、兄夫婦と関わりながら、自分の人生をその過程で、限りある範囲内であったとしても切り拓くこと。それが正解。

もう大分暗い。月影が波間に踊っている。自分は、有明の海、月と、四十年も昔から親しんできた。懐かしのこの場所でこの正解を、いま一度噛みしめよう。

何十年、何百年、何千年ものいにしえから、この浜にきて、ここに立ち、おのれの夢を反すうした人がいたことだろう。無数の先人たちよ、私も続きたいのです。

六月のある日。

苦々しい気分が晴れない。昨日届いた歩行器を初使用。母は転びかけて小卓の上の醤油差しを倒し、それが絨毯《じゅうたん》に染み込み拭き取るのにひと苦労。それでつい怒ってしまう。そりゃ怒る方が間違ってるよ。

つい最近、自分はあまり怒らなくなったなと心楽しく感じたものだったが、モトのモクアミ。ダメ人間、ダメ人間。こんなちっぽけな人間に価値ある仕事など出来るわけもなし、全く。

日記に貼った新聞記事から。

【女学生】（朝日新聞「窓」）

―長い髪を後ろにたばねた彼女は、はたち前に見えた。弁護士の芳沢弘明さん（六四）は気おされる思いで見つめていた。

オランダで五月に開かれたハーグ平和市民会議。沖縄から参加した芳沢さんは、コソボ問題を主題にする分科会に出た。

会場の空気が北大西洋条約機構軍の空爆への「反対」一色になった時、マイクの前に彼女が歩み出た。アルバニア人難民の学生だと名乗り、英語で訴えた。叫びに近い言葉は、芳沢さんには、こう聞こえた。

「あなた方はコソボの実態を何も分かっていない。私の肉親や友人が、どんなにひどい迫害を受けたか。私自身、自宅に侵入したユーゴ軍兵士に、すんでのところで犯されるところだった。それでもあなた方は空爆をやめろと言うのですか」

あまりの激しさに会場は静まりかえり、緊張に包まれた。

そのときだ。七十年配の女性が女学生に近寄った。ドイツ人だというその女性は、静かに彼女を抱きしめて、自分の娘に聞かせるように語りかけた。

「あなたの苦しみ、悲しみ、怒り、すべてを私は理解できます。でも空爆によって何が解決されるというのでしょう。毎日血が流され、子どもたちさえ殺されている。ユーゴ、セルビアの人たちも、あなたと同じ苦しみに遭っているのですよ」

ふたりは目に涙をためて、しばらく抱き合っていた。そのあと女学生は何度もうなずきながら席に戻って行った。会場は水を打ったようでしたと、芳沢さんは振り返った（申）。（平成二六年五月号）。

三三　別れ③

二〇〇〇・平成十二年三月。

親の介護のつらさの核心は、時間的経済的というより、精神的な面、具体的に言えば、自分の人生がいつまで拘束されるのかという先々の不透明さにあると思う。その際、あぶりだされる近親者の人間性と、帰するところのより深い自己嫌悪にある、とも言えそうだ。

母の他界、九か月前の日記より。

―妻と死別して七年の子育てを終えた時、兄夫婦からは、「ご苦労さん」の一言もなかった。それより二年、母の体調不振のため、悩んだ末（実は私も母とは別の世界で再出発をしたかった）、帰郷を決意した。その費用を兄夫婦に無心し、「それより、まず自分の借金を返すのが先決だろう」と断られた。

今、母の病状が進み、私が島原にいることが彼らの利にかなっているから、何も言わないのだろう。しかし、かくも貧しき人間関係しか作り出せなかった清水一家とは何だったのか。立派なことを口にする自分にも「罪」は充分にあるはずだ。

今朝はすっきり晴朗な気分で、母にもっと優しくしようと考えた。九十七歳の高齢、自力では歩けない現状なら、他人への思いやりなど望む方が無理、というものではないか。もう少し他人を温かく見てあげられる人間に成長することだ。自己変革の好機と考えようぜ。

母に、近々兄が帰省することを伝える。いつものように、「それまでに歩けるかしら」とか「さあ、しっかりしなくっちゃ」などとはしゃぐかと思いきや、しばらくして「いつかのことをハッキリ書いておきたいから書き方を教えてよ」と静かに言う。

思わずはっとなる。それは「M姉の世話まで将来に渡って一人で引き受けるとすれば、自分の生涯の夢を放棄することになり、絶対に御免こうむる。そのことを母から皆に文書にして残して欲しい」と私が強く望んだこと。

忘れられたと思っていたが、母はそれを胸中深く刻み込んできたのかもしれない。確かに自分の切望だが、九十七歳の母の心を重く満たしてきたとすれば、やはり申し訳なかった。それにしても老人介護に付きまとう、多くの場合二律背反的な、介護者と被介護者の問題の解決はどこに見出すべきか。

心中の苦しさに耐えかねて、深夜、幼少年時代を過ごした上の町付近をふらふら歩く。亡妻の表情が胸に浮かぶ。「生きていれば何でもできるはずよ」。彼女ならそう言うに違いない。

来島中の兄と一夜、ある小料理屋で語る。珍しく親愛感の溢れる雰囲気の中で彼は訥々《とつとつ》と語る。

「A子が長男の嫁であるのに母の世話を全くやらずに申し訳ない。だらしない夫と言われても仕方ない」と。

この言葉を帰郷し母の介護を始めて四年目を過ぎる時点でやっと耳にした。余りにも遅すぎたと思う。しかし彼の夫婦間の事情、心境などを察すると、それでも嬉しく、心中の凍った部分が一部だが氷解するように感じた。もう兄と兄嫁を恨むのはやめよう。それは自分を限りなく汚す行為でもあるはずだ……と心中で反すうした。

「俺たちはいくつになっても子供っぽさの抜けないのは、共通の性格だなあ」といった兄の言葉を、本当に生まれて初めて味わうような感覚で耳にした。血の通わない他人同士から、やっと当たり前の兄弟になった、いや、戻ったということかもしれない（平成二六年一〇月号）。

三四　別れ④

二〇〇〇（平成十二）年十二月二日。

今日、母は「何もかもうまく行かない」と嘆いた後で「昨夜もあんた（宏）がアメリカに行くことになった夢を見たのよ。それは良かった。こっちは何とかなるからって喜んだ……」と言いかけて口ごもった。

アメリカとはとっぴだが、母はそこに淡い成功のイメージを重ねたのだろう。母は私が想像する以上に、私の人生を拘束していることを、常々心に重く受け止めてきたに違いない。よく口にする「あんたなら世界のどこに行っても通用するわね」の言葉とも関係があるのかもしれない。

二〇〇〇年十二月十五日。

三日間、母は苦しみぬいた。一時はU先生から「臨終が近いです」との宣告を受け、慌てて姉たちを呼び寄せた。枕元のM姉に向かって母は叫び続けた。言語不明瞭で聞き取りにくかったが、それは繰り返された。

「このまま宏の世話になってはいけない。二人（母とM姉）で生きていこう。ご飯を炊けばあとはおかずを買ってくれればいいんだから」といったことを、それこそ必死の形相で声の出なくなるまで繰り返すのだった。M姉は呆然として無反応だったが。

しかし今日の母は、先生から「ミラクル（奇跡）」と言われるほど体調も回復し、昼食の茶わんむしとおかゆを半分ほど、「おいしい」と言いながら食べた。ほっとすると同時に、私も泊まり込みの疲れが急にこたえてきた。母の表情をうかがうと「外出しなさいよ」の笑顔で、思い切ってかんぽの湯へ。十日ぶりに悠々の入浴。ところが帰院して玄関で顔を合わせた看護婦さんは顔をゆがめて「ミツさんが……」と言うなり絶句。慌てて病室に駆け込むと、すでに母は息を引き取っていた。体の温もりは充分に残っていたが……。


二〇〇〇年十二月十七日。

葬儀会場で、宏の挨拶より。

―九十七歳まで生き抜いた明治の女である母は、波乱に富んだ人生を送ったようです。関東大震災を娘時代に東京で迎え、敗戦時は満州（中国東北部）におり、私たちを連れて命からがらの引揚げを強いられました。父の故郷島原では皆様のお蔭で、戦後の貧しい生活ながらも、穏やかで平和な毎日を送ることが出来ました。

しかし、どうも子供たちの出来が悪く、特に四人の中で末っ子の宏と言うのが風来坊で、北海道だのブラジルだのと言って、母たちを悩ましたようです。

ところで年齢と共に「枯れる」という表現がございますが、母はそれとは反対で、益々若く楽しくかつ多弁となっていったようでした。たとえば、あの遺影は私と一緒に毎日、城見町の坂道を散歩していた頃、つまり今から三、四年前、母が九十二、三歳の頃のものですが、ある時、散歩中、男女の高校生が道路でいちゃついているんですよ。私はムカついて道を急ごうとしたのですが、その時、母がため息をついて何と言ったと思いますか。

「まあ、あんなことして……」、私も若かったらやりたかったわ」なんですよ。

四人の悪い子供たちに話を戻しますと、一番上の長男Rは大変優しい性格で、母の一番のお気に入りでしたが、本年八月、母に先立ってしまった親不孝者です。でも、考え直してみると、一足先に天国で母を待っていて、これからは母と仲良く暮らしていくことでしょう。

二番目は女で、今日の喪主、上の姉のM子ですが、この四十年ほど病弱で何年も家から一歩も出ないような生活を続けました。そのため母がどれほど心労を重ねたか分かりません。しかし今日ここに何とか列席しお骨《こつ》分けにも行って参りました。我が家では画期的な出来事と言わなければなりません。お母さん、長い御苦労がまたひとつ稔りましたよ。

四番目のHは、男のヒステリーで乱暴な時も少々ありましたが、一応あなたの介護を最後までやり抜きました。

ここで俳句と短歌をご紹介致します。

まず俳句「図書館に／　通いなれたる／　道も萩」。母の作で、図書館ばあちゃんと呼ばれていた頃の作品です。

次は短歌で「逝《ゆ》ける日の／　ままに安らかな／　母の面《おも》に／　かすかなるえみの／　浮かびておりぬ」

この歌の意味は「死んだ日のそのままに今も穏やかな母の表情をじっと見ていると、かすかな微笑みが浮かんでいるようです」と遺影について歌ったものと思います。これはいつも陰に隠れがちだが、母と同じ優しい歌心をもった下の姉、今日列席しているK子の作品です。お母さん、あなたは精一杯生き抜き歳と共にさらに若くなり、明るい光で家族や周囲を照らし続けました。立派でしたよ。私たちは徒《いたずら》に悲しみに浸るのをやめて、具体的な希望に向かって、また明日から出発するつもりです。どうぞ安心して下さい。（謝辞等省略）

翌年一月の寒中見舞ハガキより、要旨抜粋。

『五年前の帰郷以来、母の介護は私の人生そのものでした。後半の入院生活では、朝七時半、病院での全身清拭に始まり、夜十一時過ぎの最後のオムツ交換を終えての帰宅でした。その間、仕事（塾講師）にも通いました。何とか継続出来たのも、直接にはホームヘルパーさん、病院の先生、スタッフの皆様方のお蔭です。本当にありがとうございました。

この二十年、妻の闘病生活（脳腫瘍）、他界、子育て、母の介護……、運命の荒波の中で、私は常に溺死寸前でしたが、大変な人生勉強もさせて頂きました。今年は還暦を迎えます。

笑われるかもしれませんが、私はこれから生涯の夢を追って本格的に出発するつもりです。その夢とは「人間を狂わせてきた差別幸福観を乗り越える〈歓び〉によって、性、国家、民族、人種間の矛盾を解き、和やかな光に満ちた未来へつなげる」ということです。この五年間、よく母とそのことを語り合ってまいりました。

ただし、当面は、病弱の姉たち、生活のことなどを思えば、動けないかもしれません。葬儀当日、炊き出しを含む一切のお世話をして下さった、一中同窓会の方々を始め、生前の母の日常を含め、改めて島原の皆様には深く御礼申し上げる次第です（二〇〇一年大寒・平成二七年四月）』

第三章　愛と性（独身時代の夢）

新しい愛に新しい性を――幸福論からのライヒ批判

――「ロマン・ロラン協会」発行『ロマン・ロラン研究誌』一〇七号、一九七一年所載

この小文は私が独身時代・二十九歳・清掃作業員四年目に投稿したものです。

――幸福とは何だろう、生きてゆく喜びとはどういうものだろうか。この短い人生に何を求め、どのように過ごすことが真に価値あることなのだろうか。

北海道に住んだ幾年かの間、折をみては石狩の野や河畔を歩きまわった。時には何もかも放りだし、夜であろうと雪中であろうとかまわずに、彷徨し絶叫したこともあった。

自然はやさしい。まず、ぼくはそう思う。早春の土手に寝そべって空ゆく雲に心を托す時、

雪どけ水を運ぶ奔流のうねりを遠く耳にしながら、ネコヤナギのうす赤い芽に頬ずりすると胸は親愛の光に満たされる。あるいは目もあけられない吹雪の中でも、立ちつくしじっと春を待つニレの巨木は、すがりつくとしっかり受けとめてくれるものだ。名も知らぬ野の花の香りにむせび、小鳥たちの声に導かれて歩く時、生命の喜びは全身を潤す。そのような場合、七面倒臭い哲学的な幸福の定義など知らなくても、充分に幸福であるようだ。

幸福とはごく単純な、どこにでもころがっていることのような気がする。朝顔についた露の玉がころがって、のこのこよじ登ってきたアリを驚かせる、そんな光景の中にあるもののような気もする。

しかし、自然の愛らしさから目を転じて我々の周囲を眺めると、どうだろう。人々は胸を張り、肩をそびやかして生きている。勝ったと言って騒ぎ、負けたと言っては嘆く。競争社会では愛だのヘチマだのと言っていられない。他人を蹴落としても勝つことが生存の掟である。正義である。かくして勝者だの敗者だのが生まれ、見栄とか妬みとかがまつわりついて、人生劇場は構成される。神の名において殺し合ったり、自由をふりかざして侵略したりする。

幸福とは何か、我々はこのような世界で考える。そしてそれはよく分からない。時には一番先に係長になれたから幸福であり、また時にはカラーテレビが買えないので不幸だったりもする。全体としてはこんなに眉根をよせて懸命に生き、気をもみ働いている割に、世の中は明るくない。

人間としての幸福とは、よほど天与の才か、条件にでも恵まれた特別な人でない限り味わ

えない、珍奇で高度なもののようにも思えてくる。そうだろうか、

幸福とはそんなに得難いものなのだろうか。ぼくは不思議な気がする。確かに人間のある面の価値創造には、大きな困難が伴うことだろう。ベートーヴェンの音楽が我々を感動させるのは、苦悩を経た「歓喜」であるからかもしれない。だが幸福は違う。それはどこにでも誰にでも容易に手に入るところにあるはずだ。またそうでなくてはならない。ごく一部の限られた人々にしか約束されない幸福なんてものに用はない。ぼくはそう思う。

オーストリア生まれの精神分析家、W・ライヒの著書『性と文化の革命』（中尾ハジメ訳、勁草書房、一九六九年刊）を読んで一番共感を覚えた点は、彼が（大衆に生きていることのあたりまえの幸せがあり得るということをはっきりわかるように説明）しようとするところに、（性を肯定する――それは生きることはいいことだと肯定する文化の核心）というところに、原点を置いているという点であった。

これまでの文化と言われるものが、往々にして、一部のインテリや条件に恵まれた人たちにしか享受され得ないもので、かつ、性の肯定を何かちゅうちょしがちであったことに、ぼんやりと不満を抱いていたぼくは、このライヒの姿勢にまず共感した。

ぼくは現場の清掃労働者だが、職場で仲間たちと働き語り笑うこと、時にはののしりいがみ合うことまでを含めて、その一コマ一コマのふれ合いの中で、人間のよさ、親しさをしみじみと感じないではいられない。もともと人間的なよさ、と言おうか、その人の持つ人間的魅力は、社会的な地位とか職業によって左右されるものではないようだ。

たとえば、個人的に知っているある大学の先生と、今の職場の仲間たちとを比較しても、それは言えそうである。この両者に世間では格段の「差」をつけるようでもあるが、ぼくの感じるところ、肉体労働者と大学教授の間に、人間的な差などというものは存在しない。むしろ割合から言えば、肉体労働者の方が生き生きとして、生存の確かさといったものが感じられる人が多いような気もする。

これはライヒの論じる「性の解放」とも関連するものかもしれない。しかし我々の仲間たちが職場を一歩離れると、あらゆる場面でその多くが、肩身の狭い思いをしなければならないことも事実である。それは「職業の貴賤」というような言葉で表される人間を測るものさしが、個性や職能の違いを人間の価値判断の基準としてしまう誤りが、確実に存在し、人々の意識を厚くおおってしまっているからだろう。

人々の多くは、我々も、その価値判断の序列に従って、上へ上へとあがきよじ登ろうとするのである。それはもしかすると、現在の革新的諸運動の中にも根強く残る心の構造かもしれない。

ライヒの新鮮さは、まずぼくにとっては、既成の不動とも思える価値判断基準に提出された根本的な疑問という点にあった。即ち、他人を蹴落とし、従えながら上へ上へと登ることではなく、横に人々が手を取り合うこと、虚飾のヴェールを脱ぎ捨てて裸で抱き合う方向に人間の生きる喜びがある、とした点であった。そうかもしれない、いやそうだ、そうでなくてはならない、と思った。ライヒの提出したものは、生きることへの疑問に対する完全な解答ではないとしても、正解のひとつに違いない、そんな気がした。

しかし、読み返すうちに、何か物足りないような、「全面肯定」と言い切ってはしまえないような不安を感じ出した。それはぼく自身がライヒからこっぴどくやっつけられた道徳家であり、みじめな性の持主、一夫一婦的愛情論の堅持者であるためだろうかと考えてみた。そうかもしれない。そういう点は充分にある。

だが、さらに、ライヒの理論を日本の現実の中でどのように実践していったらよいのか、もっとつきつめて言うならば、ぼくはいったいどうしたらよいのか、といった点を考えるに及んで、ライヒの誤り、いや原理的な誤りではなく、その理論に欠落した部分というようなものが、ますます拡大していくのを認めないわけにはいかなくなった。

抽象的な理論の世界ではかなり思い切ったことを言えても、いざ自分と関わらせるとなると、つい口ごもってしまうものだ。確かに理論的な検討のみで終わっても、それなりの意義はあると思う。しかし、アンネット（フランスの作家、ロマン・ロランの大河小説『魅せられたる魂』の主人公）の子らの一人であることを自負する者ならば、それだけで満足はできないはずだ。批判を恐れずに自己を提出したい。

順序としては、まず、ライヒの理論の検討評価、次に批判、さらにぼくなりの実践的試論と続けたい。

我々がごく当たり前のこととして受けとめていることに、ライヒは根本的な疑問をつきつけた。それは、彼の豊富な臨床例などを論拠とする科学的な結論、とも思われる。

ライヒは主張する。性を抑圧することは生命を抑圧することである。幼児期において、性器をもてあそぶという自然の行為を禁止し、大人の道徳の型に当てはめてしまうことは、生命の発芽の段階でその芽をつみ取ってしまう、つみ取らないまでも正常な成長を阻害することである。それはみすぼらしい性格の子供を作りあげる。

子供は内気で疑い深く、親や年長者などの権威を恐れるようになり、その反面、不自然な性の衝動、たとえばサディスティックな傾向（相手に苦痛を与えて満足する異常性欲）を発達させる。自由でおじけのない行動は服従と依存にかわってしまう。

成長とともにますます盛んになる性の欲求を押し殺すためには、大変なエネルギーが必要だ。そのために子供は無口で冷たくなり、外界に対して、自分自身に対しても武装しなくてはならなくなる。性とはよくないものだ、恥ずかしいものだという意識がしみこんでいく。

ぼくの場合どうだっただろうか。

思い返してみると、大変無口で内向的な子供だったようだ。それが性を抑圧してきたからかどうかはよく分からない。ぼくが性器に興味を持ち始めた記憶は六歳の頃からで、それには近所の男の子、Ａの影響が大きい。Ａとぼくは人目を避けて性器のいじりっこをやった。それがどのような意味を持つものかは分からなかったが、ただ好奇心とまたタブーであるそのことによって、ますます好奇心をそそられた結果だった。

ぼくは当時、女の子にも泣かされるような弱虫だったので、女の子とお医者さんごっこをやるような機会には恵まれなかった。そのため、女の子との関係のあれこれを実現するのは、いつも想像上、空想の世界であった。確かに性を抑圧しなければならないために、現実での運動性は委縮し、「夢見る人」となっていったのかもしれない。

ライヒは主張する。子供が若者へと成長していくうちにより一層、性の欲求は激しくなっていく。しかし、性はよくないものだ、婚前の性交などもってのほかだ、という道徳の世界に住む若者は、それと本能との間に苦しい葛藤を経験する。ある者は完全に禁欲し、そのために様々な神経症に陥ったり、時には狂信的な行動に走ったり、あるいは宗教の世界に身を埋没させたりする。

また、ある者はマスターベーション（手などによって自分で性的快感を得る行為、オナニー）によって、欲求の解消を試みるが、それも罪の意識の下で行なわれるので完全な快感は得られず、事後には自己嫌悪におそわれ、精神の安定は損なわれる。勇気とエネルギーを備えるが故に性交を実現する者は、それも大抵は世間の目を盗んで、こそこそと行なわなければならない。独立した部屋などもなく、避妊の適切な知識や手段も欠くため、身心の健康を害し、特に女性にとっては堕胎、出産という問題が重くのしかかってくる。

まことにその通りだと思う。ぼくの場合も、禁欲しようとしてもしきれず、マスターベーションにまわった組である。何歳の時からだったか正確な記憶はないが、おそらく中学に入った頃だっただろう。

ぼくの故郷の家は比較的広かったので、部屋の問題は解決されていたわけで、親や兄姉から隠れてそれを行なった。ここでちょっと不思議な気もするのだが、ぼくはそれを誰にも教えてもらわず一人で発見したということである。ペニス（男性性器、男根）を刺激するとある種の快感を味わえると分かってきたのは、小学校高学年で、それは偶然の動作のつみ重ねから生まれたものだったようだ。他からの教えを受けずに発見したということは、やはり性の欲求というものがライヒの言うように、人間として自然な成長の過程であるからかもしれない。

ともかくぼくはマスターベーションを行なったが、それはいつも大変な罪悪感を伴っており、終わった後の自己嫌悪感は深く、二度とやるまいとかたく心に誓い日記などにも記したが、いつしか欲求に耐えきれず、また行ない、さらに大なる自己嫌悪に落ち込むといった、まさしくライヒの指摘した通りのパターンであったようだ。十九歳頃まで、それを他人も経験しているものとは知らなかったので、自分ひとりが許しがたい破廉恥な行為をしているのではないか、といつも自分を責めたものだった。

あの頃、もし誰かがその行為の意味について正しく教えてくれていたら、あるいはぼくの人生も考え方も変わったかもしれない。

ライヒは主張する。若者の性を抑圧する結果、充足されない欲望は変形して反社会的行為としてもあらわれてくる。非行、性犯罪、性倒錯、あるいは売春が横行し全盛を極める。性病が社会に充満する。これを防ぐために、さらに法律を強化し道徳を堅固にするので、性はますます抑圧され、その反動としてますます反社会的行為がはびこってくる。

ライヒは続ける。死ぬまで一夫一婦を強要する結婚制度にこそ、性の惨めさが集約されている。財産や家名を守り、愛の欠如のうちに継続する夫婦関係の虚しさ。他の性のパートナーを求めることを圧殺することの不自然さ。そのような家庭は、惨めな性と権威主義的な心の構造を再生産する有力な教育装置である。

ぼくの両親の場合を考えてみると、残念ながらライヒの批判がそのまま当てはまりそうだ。ぼくの父母がそれほど特殊なケースとも思われないから、ということはほとんどの家庭、夫婦にライヒの批判は該当するのではなかろうか。ライヒの批判を現実に移そうとするならば、ぼくたちの懐かしく暖かな家庭といったイメージは崩壊するのではなかろうか。それはどのような意味をもつのだろうか。

前にも書いたが、ライヒの理論を理論の世界のみで、もてあそぶのはたやすかろう。しかし、それを実践する気がもし本当にあるのならば、そこに当然予想される苦しみ、痛みについても覚悟しなければならない。

さらにライヒは主張する。性と文化とは絶対相容れないものだとするフロイト的文化哲学は誤りである。性の抑圧が作るのは家父長的権威主義文化である。文化と自然の間の対立をなくし、自律する能力を持つ人間を作り出す文化革命は性の抑圧下では望めない。ウン、ウンなるほどそうかもしれない……などと最初は軽く読み通してきたのだが、考え直してみると、これはまた大変なことを言っているものだ、と身がひきしまってくるような感じである。

家父長的権威主義といとも簡単に表現されてしまったが、家父長的権威主義社会が何千年と続いているのが事実ならば、この社会の諸々の文化——哲学、思想、芸術、宗教、科学等々の全てが、ぼくたちが価値あるものとしてそれに一生をかけたりすること、あるいは芸術に魅了されたり思想に心酔することまで、そのぼくたちの心の構造は、権威主義的文化の所産であるということにはならないだろうか。

もし一途にあくまでライヒの思想をつきつめるならば、ヒトラーに対する民衆の熱狂と、ガンジーに対する同じ民衆の心服との間に、それほど大きな心理的な違いはないのではないか、といった疑問を率直に表明しなければならなくなりそうだ。それはぼくにとって恐ろしいことでもある。さて、ではライヒの言う自律する能力とはどういうことか。さらに「しごと民主主義」とは。この辺りが最もライヒの魅力的なところで、未来への展望なのだが、どうもそれがはっきりしたイメージとしては浮かんでこない。それはまだ想像の段階でしかないからかもしれない。

さてこれから、ライヒに対する批判、疑問を少々提出するわけだが、これは現時点における実践という見地から出発したものであることをお断りしておきたい。

ライヒの理論を原理的に追究することも大切であろうが、性というテーマはもともと実践のテーマだし、ぼくにとっては、それが具体的に出来ることなのかどうか、人々にというよりまずぼく自身に幸福をもたらす方向なのかどうか、ということが最も重要に思われるからである。

しかしライヒの著書には具体的な実践については、ほとんど述べられていないようだし、性改革に対する彼の批判も、性改革の理論に対する批判、あるいは性改革の後退に対する批判であって、本格的な実践の報告も批判もないわけだから、ましてや我が国での具体的実践への参考とはなり難いようだ。だから、ライヒに対する批判というより、それを継承しようとするぼくたちの展望、ひとつの試論のつもりで述べたい。

二つに分けよう。

その一は、ライヒの方向の乱用によって起こされる不幸について。

その二には、これがぼくの主張の核心になるわけだが、愛と性の対応について。

まず乱用について。ぼくは以前、児童福祉の分野で少しボランティアをしたことがあった。三年ほど家庭に恵まれない子供たちを収容する施設（養護施設）に、週一回泊まって生活を共にしたりした。また機会をみては方々の施設の先生方からお話を伺い、その数は三十ぐらいになると思う。その中でぼくは自分の愚かさを知り人生を変えられた。表面上の明るさに惑わされる一時期が過ぎれば、子供たちの救いようのない暗さ、寂しさは、胸をつらぬいて迫ってくる。その中で、ぼくは何故このような子供たちが本人の罪でもないのに生み出されたか、それを考えてみた。

まず第一は貧乏という要因、またそこから派生するものだった。実は、ぼくは政治とか思想といった方面にはあまり関心がなかったのだが、子供たちの奥深い苦悩に接する時、この資本主義社会の内包する根本的な矛盾といったものに無関心ではいられなくなった。

第二は多分に道義的問題だったようだ。児童福祉の分野に数十年働いてこられた老園長が、しわ深い顔に涙さえ浮かべながら嘆かれたことをぼくは忘れられない。それは夫婦の、男と女の無責任な性行為の帰結として生まれ、放置された子供の問題だった。性には責任が伴うとぼくは考える。衝動のみによる行為は許されない。まさしくある人たちからは冷笑される道徳家の立場かもしれない。しかし、手に負えないひねくれ者と言われたA君が深夜、枕を抱くようにして洩らした呪詛の声（親を呪うような言葉）もぼくは忘れられない。子供の不幸を代償としての性の解放が、許されるだろうか。

性を自由なものとしてとらえ、実践しているものは現実に幸福だろうか。残念ながらその実例をあまり知らない。B氏の場合は四十歳過ぎで家庭を持ちながら、欲望を抑えきれず、親譲りの地所を売り払いながら奔放な生活を続けているらしいが、彼はそれで幸福だろうか。否、そうではなさそうだ。彼が勢いづくのは酒と女にたいした場合のみのようだし、それも本然からの喜びとは呼べないような気がする。

「大酒食らって女を抱きながらポックリ死ぬ」が彼の人生観だが、ここに生命の湧き出るような喜びがあるだろうか。キャバレーやトルコ風呂、ヌードスタジオなどの常連はどうだろうか。自分の見聞や他からの情報を合せてみても、なかなか性の快楽が真の幸福とはつながってこないようだ。そこにあるのは、ぎらぎら光る欲望、金、暴力、無気力、頽廃、生きることへの諦めなどである。

近来、性の解放と呼ばれるものが巷に氾濫してきたようだが、その大筋は商業主義の欲得路線の延長に過ぎないのではなかろうか。この種の「性の解放」は、社会を作り変える建設の力とはつながらないようだ。

それでは、金とは無縁の両性の合意によるフリーセックスにおいてはどうだろうか。友人の例などから考えてみて、その時は確かに生き生きとして、圧倒されそうになったものだ。しかし、何年といった長い物差しで彼や彼女をはかってみると、やはり後退していると言わざるを得ないようだ。

当初の段階では、既成社会に挑戦することの一環であったはずのフリーセックスが、いつしか社会のことなどどこかへ消え去り、セックスのみが残り、しかも次第に現実とのあつれきに耐えきれず、醜悪な悲劇を残して沈んでいく例もあるようだ。ただし、たった今の若者のフリーセックスについてはは情報不足でぼくにはよく分からない。

こんなふうに書いてくると、ライヒ賛美者には叱られるかもしれない。お前の言っていることは真の性の解放ではない。何もかも間違っている現代社会におけるゆがめられた性の発散、あるいはささやかな抵抗の表現ではないか。それが悲劇的様相を呈するのは、もともと社会が間違っているからだ、と。

確かにその通りなのだろう。現実のセックス解放の具体的表現が誤っているとしても、それをもって、そもそもの「性は良いものだ」とするライヒの思想を否定する根拠とするのは間違いである。しかし運動は現実から始まるのだ。そのことも忘れてはならない。ウーマンリブの一部が唱えるセックス解放が、現実にはどのように利用され、いったい誰が喜ぶのか、そういうことを考えなくてはならないと思う。

次に第二点として、表題とした愛と性について述べよう。

ぼくにとって、ライヒの性を肯定する明確な理論が、決定的な説得力を持ち得ない点、その理論を実践しようとする者の多くが、おそらく陥るであろうと思われる最大の誤謬は次のところにある。即ち、愛と性の分離、古い愛と性の結びつきから、性のみを取り出して、新しい性と、もとの古い愛とを対応させるということ。

それはこういうことである。原始の群婚時代、古代の母系制氏族社会においては、性は自由でありしかも女性が現在のように不当に圧迫されておらず、あらゆる存在が肯定されていた。確かに大自然の様々な災厄下にはあったが、人々は大らかな人間への愛と尊敬の念を持ち、それは人間にとどまらず天地万有への愛にまで拡がった。これは高群逸枝著『女性の歴史』に詳しい世界であるが、性の自由なつまり私有財産がなく、従って一夫一婦婚がなかった母系制社会については、ライヒも少し触れている。

確かにこの時代における性は大らかで、しかも重大なものであったに違いない。生きていることの幸福のほとんどの部分が、(食とともに)性とつながっていたのではあるまいか。そして人々は自然に生き、性を享受して自然に死んでいった。幸福であったことだろう。それは想像に難くない。しかし私有財産の発生、一夫一婦婚の始まりは、歴史の示す通り進行し現在に至っている。その長い過程の中で、性を抑圧する社会はライヒの言うような父権的権威主義文化を高度に発達させた。

もしも性が抑圧されておらず、差別がなく、階級がなかったなら、現在の我々が持つ「文化」のかなりの面は未発達のままであったことだろう。謙虚に考えてみたいのだが、そういう社会であったなら、生きるべきかそれとも生きざるべきか、などといったことが問題になっただろうか。ベートーヴェンが性の自由な、抑圧のない世界に育ったとしたら、あのような音楽が望めただろうか。

しかし過去の仮定にはあまり意味がないかもしれない。ともかく父権的差別社会は確実に進行し、その中でぼくたちの先祖は苦闘を重ねながら生き抜いてきたのだ。そして人間を取り巻くもの、人間がそれによって生存を実感し、あるいは幸福を味わい得るものは、原始の昔とは比較にならないほど、複雑多様となってきた。

性においても、最早それは性のみでは存在し得ないまでに、他の影響を受けるようになってきた。遥かなる昔の性の自由であった時代において、二人の性を実現させる「愛」はごく素朴なものであったに違いない。しかし、人間の歴史はその「愛」にも多様な内容を与えた。現在、愛は多くの条件の集合体となっている。

フランスの女性作家、ボーヴォワールはその著書『第二の性』において、豊富な体験や資料を駆使して画期的な女性論を展開しているが、そこでくり返し主張されていることは状況の重要性である。（人は女に生まれるのではない。女になるのだ）ということが、社会的心理的に圧迫を受ける、また圧迫を甘受することによってしか「幸福」になれない女性の一生を通じて、説得力をもって見事に描き出されている。

そこには性的な叙述も多く、コイトス（性交）時におけるオルガスム（興奮の極点）の多数の実例には、今取り上げている性の問題に関して、教えられることが多い。結局、純粋に生理的な現象と考えられているような性的オルガスムにおいても、それを支配するものは、その女性の持つ心理的社会的生活環境の総体、即ち状況であるということが強く述べられている。精力絶倫の夫を持ちながら冷感症であった妻が、精神的に愛された恋人の出現によって初めてオルガスムを体験した、というような報告もある。

即ち、現在では状況——愛と切り離され自立した性は成立し難いのである。さらに、一夫一婦制の歴史は、ライヒの主張するように、抑圧された惨めな性とぼくたちが身近に知るような愛のないことを内容とする愛の関係を維持し続けてきた。惨めな性とは、惨めな愛と表裏一体をなすものである。もし、ここでその両者の結びつきの中から、性のみを取り出して、ライヒの主張するような新しい性としてみても、それを旧来のままの惨めな愛と対応させるのであれば、おそらくその試みは失敗するだろう。

一部には一時的に受け入れられることがあったとしても、新しい性と同時に新しい愛への試行がなされるのでなくては、結局、新しい性も育たないような気がする。ライヒは、自律する心の構造という言葉で、新しい精神構造を表現してはいるが、男女間の愛の問題についてはほとんど触れていない。いや大いに触れてはいる。大いに批判もしている。ただし古い愛の関係、愛のない愛という内容のものについてである。

古い性を規定した古い愛から、どのようにしたら、新しい性を内包できる新しい愛を実現できるのか。ここら辺りにくるとよく分からない。どうもこの著書からは解答が得られないようだ。

運動というものが、現在の条件から出発する以外にないとすれば、現実の最も重大な問題であり、それを圧倒的多数の人々が疑うことすらしない、ほとんど唯一の愛と性の形式である一夫一婦制の結婚ということに、新しい愛という角度から照射してみない限り、新しい性を実現し得る方向も、またその新しい性がどのようなものであるべきか、という具体的展望も生まれないのではないか。

ライヒが提示した新しい性の方向はあるいは正しいのかもしれない。しかしそれは実践されたものではないので、正しいと言い切るわけにはいかない。現に（旧）ソビエトでは拒否された。拒否された原因をひと言で表せば、古い愛と新しい性の矛盾とぼくは考えるが、ともかくひとつの実践の出発点で否定的評価を受けたということには、重い意味があるのではないか。だからといってライヒの原理性までが否定されたということではないが。

ここでぼくなりの実践論を述べたい。実践論といっても、実践の検証を受ける前のそれであるから、限界はあるに違いない。

これまで述べた通り、原始の昔には戻れない。その頃の異性は多分に種としてのそれであり、個としてのそれではなかったことだろう。だから愛の内容はごく簡単なものであったと思う。そのような動物的愛（性）も、その時代には人々に幸福を与えてくれたことだろう。今考えると、種としての異性であるなら、多分に生まれもっての肉体的優劣が、その幸福を大きく左右しただろうし、従って様々な弱者あるいは老人のことなどが気になるが、当時、性交も出来ないような虚弱者は生存し得なかったか、自然とのたたかいの中で早期に死んでいったのではなかろうか。

また性交が不可能となってから生き長らえる期間も短かったのではないか。だから性が生きることの中核にあり、生存の証しでもあったのだろう。

しかし、長い歴史の過程を経た現在ではかなり違う。性を取り巻く状況も、性を実現させる愛も、原始の頃とは比較にならない。従って、性そのものと、それを成立させる簡単な愛だけでは、人は幸福を感じ得なくなった。極端に言えば、性交そのものの時でさえ、状況を無視してはオルガスムに達し得なくなっているのである。そのことが良かったかどうかは分からない。もしかすると原始の昔のように健康で解放された性そのものと、素朴な愛だけで生きられた方が、人間にとっては幸福であったのかもしれない。だが現実はこの通りなのだ。くどいようだが、本気で実践するつもりなら、ぼくたちは現実から出発しなければならない。

さて現代の愛と性の形態は、その圧倒的多数が一夫一婦制の結婚である。それを度外視して、性解放運動の実践はあり得ない。ではぼくたちは結婚を肯定するのか否定するのか。ぼくは自分の力の範囲でこう考える。

結婚（一夫一婦婚）は現状では否定できない。否定すべきでもない。今、行なうべきは否定でなく改革である。その改革の過程で、両性の結びつきの本来的な姿はどうあるべきか、その具体的展望も開けてくることだろう。その改革のビジョンとはどのようなものか。

ひと口で言えばそれは新しい愛を作るということ。これまでの結婚（一夫一婦婚）は、愛のない、あるいはそれが希薄であることをもって、その愛の内容とした。そこでは愛情抜きでも一緒になり、嫌でたまらなくなってもなかなか離婚はできなかった。近頃は恋愛結婚が増えてきたので、少々変わってきたかもしれないが、結ばれた時点での愛を持続し、かつ発展させるカップルは少ないようだ。

二人が結ばれた時の魅力にのみすがっているのであれば、事態はほぼ絶望的ではあるまいか。たとえば容姿とか性的魅力といった身体的要因は、重要ではあるが、やはりはかないものだ。一時の熱が冷めて外界を見やれば、美人もハンサムも結構いるし、未知ゆえの新鮮さもあって、セックスにアピールするところは大きい。ではどうするのか。次々に新しいパートナーを漁《あさ》っていくのか。それとも我慢するのか。現状では簡単に相手を取り換えることは難しいし、出来たとしても長続きはしないかもしれない。

では我慢するのか。それこそライヒの説く神経症の根源となるだろう。さらに若いうちはいいが、次第に光を失っていく身体をどうするのだ。性的機能を消失した老体に幸福はないのか。

二人を結びつけたものが精神的なものであった場合、かなりましのような気がする。知的能力であったり、親切な心であったりするその魅力は、身体的なものより深いところに根源を持つために、充実した関係が期待できそうだ。だがそれとて固定的で発展性のないものだったら、長続きは望み難いかもしれない。悪くすると、それが逆にわずらわしいもの、いやらしいものに転化しないとも限らない。

もし魅力の源泉が、金や学歴や地位であった時、ぼくは大変残念な気がするのだが（自分の現状がそれらと無縁だからかもしれない）、あるいはこれらが最もポピュラーなのだろうか。だがそれは金や学歴や地位に惚れたのであって、真の愛ではあり得ない。これこそ古い愛の典型であろう。ぼくにはそのように思われてならない。以上簡単に古い愛について述べた。では新しい愛とはどのようなものか。

新しい愛とは、ぼくのイメージでは、一にふたりで作り上げるもの、二に両性の平等、つまり女性解放の視点に立つものである。ふたりが結婚に踏み切る時には、これまで述べたような内容であるとしても、何がしかの愛が存在する。それをもって、愛の全てとするのが、古今東西の常識であるようだ。書物にせよ映像にせよ、そこに登場する愛とは圧倒的多数が、結婚に至るまでの愛（あるいはその結婚が崩壊するまでの愛）と言えそうだ。

しかし愛とは作り上げるものである。重要なことは結婚時点の愛をいかに発展させるかにある。ふたりが相互の努力、磨き合う過程で、どのようにしてより深い充実した愛を実現させていくか、そこに結婚の決定的な価値が存する。だから恋愛における愛は、純で美しいと思うが、それは愛の始まりに過ぎない。そこでとどまっているようでは、ライヒが批判するように、抑圧や様々な社会的道徳的強制によってしか夫婦関係は持続できない。

全く異なる二つの個性が結合するのだ。熱が冷めたらお互いの欠点が目立ち始め、うまくやっていけなくなる方が、むしろ自然かもしれない。また生活はなまやさしいものではない。種々の障害を乗り越えるには、より深く強い愛を、ふたりの協力の中で作り上げていく以外にはない。そして、そういう愛が創造されてこそ、妻が夫が、他のＡやＢがいかにすぐれていようとも、交換することのできない最愛の妻や夫として存在してくるのではないか。現実の夫婦の大多数が愛のない結びつきだと評したが、それでも数多くのよさを失わずにいられるのは、多くの場合、長期にわたる子育ての過程や生活などとの苦闘の中で、夫婦の協力が自然のうちに、今述べたような愛と同じような価値を生み出しているからと考えられそうだ。しかし子供が二人の手を離れてしまったらどうなるのか。

子供たちを独立させた後、母親が感じる一種の空虚感「ああこれから私は何のために生きていったらいいのかしら」といったような感慨は、この間の事情を表しているようだ。たとえ我が最愛の子、夫、妻であったとしても、自らが主体として存在しない限り、その愛はその個人の生涯の中で、どれほどの光を有するものか疑問である。

では、そのような愛を育むことが可能な舞台は、どこに求められるのだろうか。様々な場合があるだろうが、最も大切な視点は、社会に開かれた夫婦という点にあるのではなかろうか。社会に生起する諸々の出来事を、その明暗とも受け入れて行動する、そのような人生を歩む夫婦において初めて、互いに自由で尊敬し合いながら、しかも強固に結びつく愛を作っていくことが可能となるはずだ。

それは妻を家事や育児にのみ専念させているような家庭ではかなり難しい。妻を社会から隔離しておいて、社会問題への無理解をなじったりする夫、それにおどおど従う妻といった構図からは、新しい愛の創造は望み難い。ここで最重要と思われることは、女性への職業（あるいは社会活動）の開放だろう。そのために社会体制、機構の変革も不可欠だが、同時に家庭内でも家事や育児に男性も真剣に取り組まなくてはならない。ポイントは、妻が自分より優れていても、「これで自分たちの作り上げる愛は高度なものになれる」と心から喜べる夫の大らかさにありそうだ。

このような状況でこそ、愛は旧来の愛とは違った内容を持ってくるのではあるまいか。一夫一婦婚の一と一は、古い愛においては多分に取りかえのきくものであったが、新しい愛の形成の過程で、それは真正の一夫一婦となるのではなかろうか。このような愛があってこそ、新しい性も生き生きとした喜びを発現させ得るような気がする。

性は良いものだと肯定し、深い本質的な部分での愛を共有する二人であるならば、他の誰と関係する時よりもオルガスムを享受できるだろうし、たとえ老齢その他で性機能が充分には働かなくなったとしても、人間としての幸福は消え去るどころか、ますます輝きを増していくに違いない。

最後に、三十歳を目前に控える自分のことも述べなければならない。

ぼくは今書いたことを実践したいと思う。性を抑圧する自分はみじめな人間なのかもしれない。しかし現状では、愛の欠落した性は不毛である。時としては罪でさえある。パートナーが見つかるまでは禁欲しなければならない。

幸福とは何か、ということがこの小文の主題であったはずだ。そのような人間の永遠のテーマを簡単に片づけるわけにはいかないが、ぼくはおぼろげながら、次のように思う。

ひとつには、人間はみな同じなのだ、つまらない殻を破って裸で抱き合い、太陽の下で生命の讃歌を合唱しよう、というような言わば水平の方向。

もうひとつは、人間はやはり動物とは違う、それぞれの個はより高いものを求め困難を乗り越えて価値を創造していくべきである、とする言わば垂直の方向。このふたつの方向、横軸と縦軸で表されるような座標の交点に、現在の幸福は求められるのではないだろうか。そして垂直の方向の努力は、常に水平方向を志向しなければならないこと。

一例をあげるなら、困難を乗り越えて価値を創造するのは、その個人のためというよりみんなのため、その人も含めた人類全体のためでなくてはならない。それは、最初に書いたような、他人を蹴落として上へ上へと登る、ということでは断じてない。

みんなが平等で仲良く生きていける、能力の優劣がその人その人の個性として受け入れられるような世界であったなら、ライヒの提示する性のテーマだけで充分に幸福であるのかもしれない。そこでは水平の横軸だけで間に合うことだろう。

第四章　エピローグ　磨き合ってこそ愛（磨き愛）

第四章ではエピローグの役割（第一章、第二章、第三章のまとめ）を果たしつつ、今私が最も訴えたい性愛論のテーマである「現代日本のセックス状況と愛」について述べたい。

まずその社会状況を批判するキーワードとして「磨き合ってこそ愛（磨き愛）」という発想を提起しよう。提起といっても当然、私が発明したわけではない。

「愛とはお互いを高め合うこと、磨き合うこと」といった基本的な発想は、「愛」の歴史の始まりからあったことだろう。しかし現在、この「当たり前」のはずの考え方が、あちこちで軽視されすぎてはいないだろうか。

第四章の後半は、第三章で述べた私の独身時代の性愛論の、四十数年後の展開でもある。

―第一章「男の、子育て日記」について―

本文は父子三人の食事作りから始まっている。妻の他界は一九八七（昭和六二）年九月（その時、妻は三十九歳、私は四十六歳だった）で、年の暮れまでは、ご近所や妻の友人たちからの食事の差し入れが相次いだ。誠に有難いことだが、このままでは「依存人間」になってしまうのではないか、そのような中で、子供たちが本当にすくすくと成長出来るものだろうかと恐れた。そこで正月のお節料理作りを起点として、「男三人丸」自前の食事作り体制をスタートさせた。

お節料理作りを分担し、買い物から調理、重箱詰めまで、中二と小六の息子と私の三人で、六品目（きんぴら、ごまめ、きんとん、焼き魚、黒豆、雑煮）をつくりあげた。あの時の賑やかさ、はしゃいだ気分は今も忘れられない。三人そろっての各年末のお節作りは場所を京都府亀岡市から長崎県島原市に移して、長男の結婚まで実に十九年間続いた。

お節料理を起点に、息子たちも週一回ずつは、食事作りを分担してくれ、私は非常に助かったし、約七年続く「男三人丸」航海（途中から「男二人丸」）の本格的船出とつながり、大いに役立った。

暴力的なワンマン親父の登場で、読者はいささか驚かれたかもしれない。本当に私は今思い返しても悔いの残る乱暴なオヤジだった。それは「わがままな子にだけは絶対なってほしくない」といった強烈な思いが、私の胸の内に常にあったからだ。しかし「温かな家庭づくり」といった、もう一つの大切な柱もあったはずだ。だから、私のワンマン親父歴には反省も伴う。

数々のワンマン親父の方針の中でも、「無TV家庭」は、息子たちには特に厳しかったようだ。これも自分の反省としては「功罪半ば」といったところだが、二人にとってはかなりつらい思い出となったことだろう。私が古希を越えた今もTVを置かない理由の一つには、彼らへの「申し訳なさ」といった側面もある。

子育てシリーズの陰の主役は、妻だったに違いない。短いながらも、自立した人生を追った個性的な彼女の生き方は、夫の私にも強い影響を及ぼした。私は次第にフェミニズム（女性主義・女性の社会参加を主張）に傾き、ついにはその大筋の正しさを確信した。「フェミニズムは女性の、そして男性の幸せの源泉」と、ある女性ジャーナルの年賀状特集に、今も私は投稿し続けている。

確かに、その後フェミニズム書に魅せられて固め読み（五十冊程度）したが、それ以上に、生活の基盤に妻の生き方とその光があり、それが実際、私たちの人生を照らしてくれたからだ。私は深く教えられた。

彼女は頑張り、中卒（高校中退）だったが、通信制高校から通信制短大へと進み、人間関係も次第に拡大していった。その基礎に、いったい何があったのだろうか。結婚の際に学歴を問うようなことはほとんど皆無だった。私は「人前結婚式」の直前に「しおり」を作るまで、彼女の正確な学歴は知らなかった。

私自身は中卒として東京都清掃局作業員に正式就職した折の学歴詐称のままだった。学歴を話題にしなかったことが、かえって妻に一種のプレッシャーをかけなかったとは言い切れない。彼女が通信高校時代の韓国出身女性との出会いから、数々の感動を得たことなどは事実であり、それを彼女は自らの人間形成にも確実に加えていった。また、そのような交友関係を心から大切にしてきたことは、近くで見ていても実に心温まるものだった（本文、七母親②参照）。

発病後も彼女は誠実に生き抜いて、主治医のK先生から「手術の結果から、二年半ほどの余命とも予想されたが、それが二倍以上に延びたのは、奥さんの知性の高さによるものかもしれません」と言われて、その時はやや唐突な感じもした。しかしよく考えてみると、真の「知性」とはそのようなものかもしれないのだった。

たとえば彼女がロマン・ロランの作品を愛した点に、学歴などとは無関係の人間としての知性の高さがあったのかもしれない。確かにいくら高学歴でも、世界の人々の不幸、貧困、飢餓といったことには全く無関心な、「非知性的な」の人間もいるようだ。とりわけ東大病といったバカげた病が幅を利かす日本で、いかに高学歴であっても、人類愛といった分野の、人間として一番大切な知性と私には思われる観点からは、ゼロに近い人も多いのではなかろうか。

中二の長男に、夜遅く帰宅して、妻の病状を庭の一角で告げた時、彼がそれを正面から受け止め「お母さん……、可哀想やなあ」とつぶやいた時、私は彼の成長を実感した。その後息子たちは、母の入院していた病院に夏休みだったので日参してくれたが、その行為のひとつが、彼らを成長させてくれたに違いない。

妻の他界後、息子たちは懸命に生き抜いた。それをしっかり支えてくれたのが、友人、諸先生に加えて地域の皆さん方であり、伝統であり、自然だった。その典型としていつも心に浮かぶのが、秋祭伝統の町内山鉾《やまぼこ》である。町内のおじさん方から教えられ数週間のお囃子《はやし》特訓の後、お祭り当日の山鉾の上での晴れがましさは、息子たちの生涯に良き思い出として残ることだろう。

また、ゲンジ（クワガタムシ）を追い、イモリを捕まえ、河原に放置された古自転車を持ち帰って組み立てたワンパク時代の日々は彼らの心の奥深く、かけがえもなく貴重な時間として組み込まれたことだろう。

当時は社会主義国崩壊の世界史的激動期でもあり、私は自らの無知を含め、失敗も認めながら正直に話したつもりだ。それは別としても絶好の社会勉強の時だったに違いない。若い時代、感動や体験も含めて一種の政治活動に触れることは大変貴重だと私は思う。

第一章の最終部分、「反抗」と「息子たちへの手紙」、あるいは「三つの共育」は本シリーズの締めくくりのつもりで記した。

人は誰しも、大なり小なり、自立するためには「反抗」という青春の門をくぐらなければならない。周囲の大人や社会はそれを優しく、時には厳しく見守るべきだろう。私は苦しい実体験からやっと悟ったのだが、その「反抗」は、実は親自身をも磨いてくれるかなり大きな人生の機会であるということだった。「子育て」というより「親育ち」という見方が、より強く認識されてもいいかもしれない。

「三つの共育」――①の母親だけでなく、父や近親者、地域が共同で教育に当たるべきことは当然だろう。私の家庭の場合、途中からの母不在のハンディーを、しっかり支えてくれたのが、前記のように地域の皆さんだった。

②の世界の人々と育つ――という共育の観点に幼い頃から慣らしておくことは、将来の真の世界平和実現のための重要な基礎となるに違いない。各国の指導者たちはそのことを早急に、本格的に取り上げるべきだろう。幼い頃から世界の人々の現状（飢餓などの問題を当然含む）に触れていれば、将来国家エゴの戦争に巻き込まれてしまうような愚かさには陥りにくいのではなかろうか。また、国を乗り越えた感覚、思考方法から大きな運動が芽生えるのではあるまいか。

③の子育てをする親自身が共に育つ――という観点は全体のタイトルである「磨き愛」の方向とも共通するつもりだ。

「子育て」は多くの苦しみを伴うとしても、基本的には伸びゆく若い世代を身近において、その成長に参画しながら、親自らも伸びてゆくことに違いない。親子が共生する時期が中心となるということ。それは親にとっても人生上の歓びの時である。

―第二章「母の介護」について―

しかし残念ながら「親の介護」の基本的な性格は、「子育て」と反対のところにありそうだ。そのつらさの核心には、まず消えゆく肉親への哀惜、介護そのものの大変さ、時間、費用といった側面がある。しかしそれと共に、介護を行なう者が心を込めてケアをすればするほど、その期間が延長するというシビアな側面もある。

人生に様々な計画や夢を持つ者にとって、それは時として耐え難いほどの苦痛となる。その過程では、思い通りにならないで我を忘れたり、親にトゲのある言葉を浴びせかけ、その結果さらに自己嫌悪を深め、打ち続く孤独な自分との戦いにもがく場合も多い。きれいごとではあり得ない。

私にとっても、母の介護に当たった四年半は、今述べたことの繰り返しだった。

まず、帰郷の決心をするまでに時間がかかった。七年の子育て、その前の妻の看護も含めれば十年近いケアの日々があった。前記のように子育ては基本的には歓びに満ちた、人間の仕事である。心からそのように感じてきた。だが一方で、時間と場所を規制され、ほとんど一歩もそこから抜け出せない日々でもあった。元来、風来坊の自分にはかなりつらかった。やりたいこともやれなかった。長い間お世話になった母に対して「もったいない」とは思いながらも、なかなか決心がつかなかった。

実際に帰郷してみて、介護一年目は終始「金欠」に苦しみはしたが、旧友や自然との再会があり、中学同窓会の企画にも参加したりして、故郷での生活を満喫できた。母も私との毎日の外出（母は押し車で）を楽しみ、二人して思い出話に時を忘れた。母が私の過去の行動に理解を示してくれ、それは今さらのように嬉しかった。

ただし、母は時々体調を崩し、私は不安を感じることもあった。かなり長く冷たい関係にあった兄とも心がほぐれる機会が生まれた。

介護二年目になると、母は目めまい、失禁、嘔吐を繰り返すようになったが、それでも私がすすめた『アンネの日記』（アンネ・フランク著）や『橋のない川』（住井すゑ著）などを熱心に読み、多くの場合感動を分かち合えた。

一方、上の姉（M姉）とは、よくぶつかり合い、私は情けない思いを重ねた。当時、母と姉が同居し、私は近くに別の部屋を借り、そこから自転車で仕事（学習塾講師）と母の家に通った。

また、息子たちにも多少の波乱があった。長男は、仕事と自分の価値観（出来れば世界のために生きたいとの信念――のようなもの）とのズレに、悩み転職した。私は心配したが、自分の若い頃を思い出して少々おかしくもあった。母に心労をかけたことが改めて申し訳なかった。次男の大学学費支払いが終わり、安堵した。まだ借金は残っていたが、私は長期間お金に苦しめられたことに、今後は一生をかけてリベンジ（復讐）してやろうと自分なりに誓った。つまり、可能な限り「お金」より「夢」を大切にする生き方を、いくら「青い、青い」と嘲笑されても決して変えないぞといった覚悟である。そんなことが言える間が「ハナ」には違いないが。

介護三年目、母の体調は時々変調を来《きた》し、私は一喜一憂を重ねた。しかし母は、カンカン照りの日も執念をもって外出したし、読書も『きけわだつみの声』（戦没学生の手記）に涙し、また『指輪物語』（映画『ロードオブザリング』の原作・トールキン著）に心を引かれていった。

私は下《しも》の始末や、深夜に及ぶ洗濯の毎日に疲れ切り「このまま自分は腐ってしまうのか」と時には絶望した。しかし、あくまで頑張り抜く母の姿に逆に励まされたことも再々あった。

年末、母は骨折し、入院後、手術となった。その頃、長男は自費で海外留学した。次男は大学を出たが就職せず、フリーターで働きまくった。アパレル（衣服）系の専門学校を目指して、学費用についに数百万円を稼ぎ出した。ところが転居の際に盗難にあい、全額をごっそりなくしてしまった。私は驚き、呆れ、心配し、そして笑った。

残念ながらM姉はほとんど心を開いてくれなかった。私が彼女の利己的（と私には思われる）な態度を決して許さなかった点も、かえってよくなかったのかもしれない。

介護四年目、母は手術後、長年お付き合いのあったU医院に入院、木造の日当たりの良い個室で起居することとなった。精神の安定を得て、読書なども再開し、私は改めて彼女の心情の若々しさ、無邪気さといったものに驚かされた。私自身も、その部屋で多くの時間を過ごし朝昼の食事を共にした（夜は仕事で学習塾通いにあてた）。私にも時間が生まれ読書や予習が出来た。

母の世話では、年間のオムツ交換は一千回を越え、摘便《てきべん》（お尻の穴から指でウンチをほじくり出す作業）や母の入浴介助などにも当たったが、常に先生や看護婦さん方の温かな「眼」があり、私はいつも安定した気分でいられた（介護保険の施行以前であり、医療行為以外は原則として付き添い家族の役割だった）。

この間、前記のように兄とは胸を開いて語る機会にも恵まれ、ほのぼのとした感情につつまれた。しかし、その兄の急死をはさみ、母は精神面にも衰弱を来し、不調を訴えることが増えた。その年の暮れにM姉への思いを口走りしながら母は永眠した。葬儀はすっかり同窓会のお世話になってしまった。

以上、第二章を要約したつもりだが、「親の介護」とは介護側にもかなりの試練が課される。またその過程で、自分を含めた近親者の人間性といったものが、見事にあぶり出される時でもある。しかし、見方を変えればそれまでの生き様の総決算といったものを、親子間あるいは兄弟間などで共有する絶好の機会ということかもしれない。

いくつかの人間関係の復活も呼び起こしながら、母の見取りも無事に終わり、私の帰郷は充分報われたようだった。実は母の他界の時点で、ケア生活とは完全に「お別れ」のつもりだった。ところが、当時、医者への受診や入浴などもまったく拒否していたM姉を一人にして島原を去ることはできず、次の十余年があった。

―第三章「愛と性①　独身時代の夢」について―

第三章の「新しい愛に新しい性を」を書いたのは、私がまだ独身で、性への欲望や憧れは充分にあったが、セックス体験はまだない二十代の終わり頃だった。あの文に登場するオーストリア生まれの精神分析家ライヒや、フランスの女性作家ボーヴォワール、あるいは日本の女性史研究者の高群逸枝らの優れた著書に教えられた。

また、日々の仕事を共にする、飾らずありのままの発言をしてくれる同僚たちからも学びながら、私は「愛と性とはどのようなものか、どうしたら自分を含め一般庶民の誰もが『幸福』になれるのか」と考え続けた。

そこでたどり着いた結論は「現在、私たちを取り巻く状況、人間関係でいえば愛というものと切り離されて自立した性（セックス）はほとんどあり得ない」ということだった。つまり、愛と性のマッチあるいはミスマッチが、人生を大きく左右する、という認識でもあった。この考え方は、ボーヴォワールの著書『第二の性』に近い。

古い愛と古い性という結びつきが、まず問題だと考えた。つまり結婚制度の中で、夫婦であっても、長い年月の間に、愛情も薄れてしまっているという場合は多い。しかし子供を中心とする家族のために、家系を守るために、また世間体や生活の便利さ、特に女性側には収入がなくなる恐れもある、等々のために惰性で生活を維持するカップルが多い。これが「古い愛」と「古い性」との結びつきの典型であり、社会の標準モデルでもあった。この時点までは女性は家庭で、妻、母親の役割を果たし、無職の場合が多かった。

率直に言って私の身近な親兄弟といった人たちも、多くはそのようなタイプと思われた。

そこでは夫婦相互の歓びのセックスはほとんど失われているが、男性には、資金に恵まれる場合が多く、妻に隠れてセックスを楽しむ、いわゆるダブルスタンダード（二重基準）もあった。そしてそれが「当たり前」として通用する世間であり、男性にとっては、居心地の良い側面もあったようだ。自由なセックスは公然としたものでなく、一部の特に男性の占有物だったようだ。だから一般に特に子供たちには、セックスは隠すもの、夫婦だけに許されるものなどと教え込まれたようだ。

フェミニズムの前身であるウーマンリブの人たちは、「セックスはもっと自由なもの、一部の男性の占有物でなく、大らかにすべての人が楽しめる人間共有の財産」という方向で声をあげた。しかし、あまり相手にされず、男性はもちろんだが、古い考えにどっぷりつかった女性からも嘲笑されたようだ。

私も当時、気持ちは分かるが正直に言って、現実にはかえって利用されたりして、マイナス面が多いのではないかと不安に駆られた。不安の原因は、古い愛と新しい性の矛盾、食い違いではないかと考えた。新しい愛が育たないところに、新しい性のみを当てはめる困難性といったことだったかもしれない。

―第四章「エピローグ・磨き合ってこそ愛（磨き愛）」について―

その時の私の不安「ウーマンリブの人たちの主張は正しくても現実にはまともに受け入れ

られず、かえって欲得の商業主義に利用されるのではないか」は、四十年後の現在、変形し、比べ物にならないほどの巨大な社会問題となって眼前にある。

それはまず「誤った」セックス情報の洪水ということである。私は今回、この点を現代の愛と性における象徴的な危機ととらえ、強調したい。その洪水はコンビニや書店、DVDレンタル、インターネット等々身近な世界に氾濫し、またJK（女子高校生）、デリヘル（電話で女性を呼び出し、自室やホテルでセックスサービス）なども加わって、あらゆる機会に、これでもかこれでもかとばかりに私たちに迫るようだ。

「誤った」という意味は、本来のセックスの価値、人間の誰にでも与えられた「歓びの源泉」とは違った、誤った角度からそれらが作られ、売られているからである。

誤りの主要な中身は、欲得の商業主義路線という「濁流」であると私は考える。つまりすべては目前の欲望と金儲けのための商売ということ。女性の裸を誘惑の手段とした一種の愚民政策「人間誰でもが持つ弱点、愚かさに付け入る政策」とも言えそうだ。政策が大げさだとすれば、人間の劣情につけこむ「愚民商法」と表現してもよいかもしれない。

この悪辣《あくらつ》な手段と有効に対決するにはどうしたらよいのだろうか。それを解くカギの一つとして私が考えたのは、フェミニズムで問題となりがちな「愛の形」の検討だ。たとえば「人形愛・独占愛」、「支配愛（奴隷愛）」、「性器愛」、「カネとカオの交換愛」等々である。

「愛の形」とは、愛し合う男女が結びつく場合の様々な形式のことである。そんなことを言っても、それは男女のペアの数だけ、千差万別のタイプがあるのではないか――と言われるかもしれない。少々しぼり込んで考えてみよう。たとえば「人形愛・独占愛」、「支配愛（奴隷愛）」はいかがだろうか。

「人形愛」は男性が女性に自分好みの容貌（化粧）、衣服、生活スタイル等々を強制しようとするものだ。まるで人形のように思い通りになってくれる女性を求める愛情のことである。発端はノルウェーの作家イプセン著『人形の家』と思う。

「支配愛」は特にセックスについて述べているようだ。セックスの世界では多くは男性主導であり、その典型が現代の暴力セックスだと私には思われてならない。一例をあげれば、セックス時、女性は男性のペニスを咥《くわ》えさせられ、なめさせられ（フェラチオ）、最後は精液を顔や体に振りかけられたり、あるいは飲ませられたりする。それも心から欲しているような表情と満足感をもって終了しないと許されない。私は男であり、女性がそのようなスタイルをとることを絶対に好まない、とは言い切れない。しかし少なくとも自分が愛する女性にはそのようなことはさせたくないし、それでもって愛情の深さを測るとすれば、とんでもないと思わざるを得ない。

白状すれば、私も結構性欲の強い人間だが、夫婦生活の中で、妻にペニスを咥えさせたことなどなかった。妻から求められたことも皆無である。だからと言って性的な欲求不満やわだかまりがあったとも思われない。もっとも妻が病死したのが三十九歳であり、まだ夫婦間に本格的な「性的倦怠期」が到来していなかったのかもしれない。

「奴隷愛」とは逆に暴力的に扱われることによって、最高の快楽を覚えるというタイプのようだが、これは男性が多分に自らの欲望に合わせ、商業主義的な目的で作り上げたものではなかろうか。いわゆるマゾヒズム（虐待、苦痛を受けることによって満足を得る性的倒錯）も全面否定はできないが、それをまるで人間本来の主要な欲望のように描くのは間違いのように思われてならない。

「性器愛」とは何か。この名称は昔からあるものかもしれないが、私が最初に強烈な印象を受け、そのように呼び始めたのは二十六歳の時だった。当時工員だった私は、静岡県の某市ではストリップショーが「ハンパモンではない」といううわさを聞いていて、実は一度は観たいものだと心ひそかに念じていた。ある時、偶然会社の出張がその某市となった。そこで仕事終了のサイレンの後、この辺りだと見当をつけた付近を探すとすぐ見つかった。入場すると、ストリップショーの連続開演中で、次々に現れる踊り子たちが薄物の衣装でくねくねと挑発的な姿態を披露する。

「オヤ、なかなかだ。しかしこの程度では……、たいしたこともないかな」と見守るうちにやがてフィナーレ。すると七〜八名の踊り子が下のものを全くつけずに観客の眼前で足をあげたり、体をそらしたり、要するに性器部分が克明に見えるようなポーズを取る。私も「これはすごい」と一瞬生つばを呑み込みかけたが、次の瞬間「なんだ、ちっともきれいじゃない、エロチックでもない」と落胆した。「かえってグロテスク……」と、あっという間に欲望が消えてしまった。湧き上がる男性観客の歓声を後に、自分にも深い嫌悪感を覚えながら、たまらなくなって場外へ飛び出してしまった。

ストリップショーは、その後も観たいと思ったが、それはあくまで女性の裸体が美しくエロチックだと感じるからだ。単なる性器陳列ショーを、お金を払ってまで観ることはもう絶対したくないというのが、その時の心境だった。もちろん、恋人や、夫婦間の合意事項である場合には私も文句を言うつもりは全くない。

ところで、実にこれまで述べた性暴力ＤＶＤやエロネットの画像はまさしく「支配愛＋性器愛」のオンパレードではないのか。社会の指導者や教育者の方々は、ぜひ具体的にご覧いただきたい。「百聞は一見に如かず」と言うより、若い中学高校生も含めた「国民的」人気を誇るらしいメディアを具体的に知らずして、批判も指導もできないのではないだろうか。「性器愛」とはカップルが、あるいは夫婦が相手の性器にこだわって、それをのみ欲望の対象にするというような性愛の方法である。しかし私のような男性、しかもムカシの美意識や価値観固執者（？）の意見のみでは、フェアでないかもしれない。ここで女性からの発言も紹介してみよう。

安積遊歩《あさかゆうほ》さんは生後間もなく、「骨形成不全症」と診断され、車椅子の障がい者としての人生を送られた。彼女が三十七歳の時に、書いた書『癒しのセクシートリップ』（太郎次郎社刊）は、彼女の凄まじい（感動的な）人生記録となっている。そこから何点か挙げさせていただきたい。

彼女は幼い頃から、あらゆる差別を受け続けてきたが、脳性麻痺の人たちが必死に議論する姿に驚く。そこから脳性麻痺の異性との暮らしを始める。しかし彼女は単身二十七歳、車椅子での米国留学を果たし、バークリーで研修を受け、ピアカウンセリング（障がい者同士の自立運動の方式）を知る。ところが彼女は「女であること」を求めて苦しむ。『売春してでも、レイプされてでも、自分が女だってことを取り戻さなきゃ……』とのたうち回る（著書より）。（『朝日新聞』二〇〇七年四月「ニッポン人脈記」より）『癒しのセクシートリップ』安積遊歩著を読んだ十七歳年下の石丸偉丈が安積の講演会に来た。ふたりは恋に落ち、妊娠する。おなかの赤ちゃんを調べると、自分と同じ障がいがある。でも何の迷いもなく喜ぶ石丸偉丈。安積も産みたかった。「不良な子孫を残さない」優生思想を覆《くつがえ》す革命だったかもしれない。誕生の翌月の一九九六年六月、法改正で「不良な」の文章は削られた。娘に「宇宙《うみ》」と名づけた。もうすぐ十一歳の娘は、将来赤ちゃんを産みたいと願い、写真家になりたいと夢見ている。

安積さんの個人史もお伝えしたくて、文章が長くなってしまったが、この著書の中には、恋愛や性についての女性の立場、あるいは障がい者の立場からの貴重なヒントが詰まっていると私には感じられた。何点かぜひご紹介したい箇所がある。

《恋愛は肉体の美醜や機能、制度としての結婚とはまるで次元の違うところにある。そして愛し合う手立てや中身を決めることが出来るのは、愛し合っている二人だけなのだと、今、深く実感している。でもこの簡単なことが分かるまでには、ずいぶん、長い道のりが必要だった》

私（清水）はこの文を読んで改めて感じ入ったが、恋愛の中身やセックスのやり方を決めるのは、その二人であって、そこにスタンダード（標準）など、初めから存在しないのだ。当然のことだが性暴力ＤＶＤやエロネットの方式に従う必要など全くない。愛する二人が二人で作り出せばよいのである。……安積さんの言葉には体験の重みや、彼女の誠実さからくる心打つ響きがある。

《性交などは全くしなくても、様々な交歓をへて、その女性が徐々にエクスタシー（快感の頂点）を感じてゆく姿は私にはかなり衝撃だった。そこまで信じていた「性交こそがセックスだ」という性の神話は一気に崩れた》

やはりそうだったのか、性交こそがセックスの核心のように実は私（清水）も感じていたのだったが……。そうではないことを安積さん始め、多くの人たちが発言されている。男性も本気で再考すべきかもしれない。

《大体男性は「勃起《ぼっき》、勃起《ぼっき》」と必死になるが、女性にとっては性全体に占める性交自体の楽しみの割合は、かなり低いものだと思う。「勃起」は快感を得るのにそれほど重要じゃないんだよと、女性たちがもっと主張すれば、男性も気が楽になるんじゃないかしら》

あるいは、これも適切な指摘かもしれない。

《社会を見回してみると、とても理性や知性を持った人間が集っていると思えないくらい、目を覆《おお》いたくなるような状況だ。障害を持つ人や女性、高齢者への差別はなくならず、子どもを点数で切り刻み続け、飢えや戦争は止められず、自然崩壊や原発も止められない。知性がいつも明晰に働いていれば、こんなひどいことにはならないだろうに》

私（清水）にも子供の頃から大きな疑問であった。「どんどん文明が進み社会は進歩するのに、どうして人類はどんどん幸福にならないのだろうか」と。結局、「知性」といっても二通りあり、人類全体の幸福を常に念頭に置く「知性」でなければ、逆に不幸を生み出しかねない。そのような恐ろしい「知性」も大いにあり得る。ということのようだ。

少々、本章のテーマから外れたかもしれないが結局、安積さんたちの生き方の鮮烈さ、言葉の重さと比べて、これまで述べた性暴力ＤＶＤやエロネット世界での「愛」はあまりにも浅すぎはしないだろうか。というより「愛」そのものが成り立っていないようにも思われてならない。

つまり、「愛」とは誰かと誰かの間の精神的、肉体的な関係を表す。「愛」とは幅広い用法の言葉だが、最も一般的には、男性と女性間のことを扱う。ところで、両者の関係ならば、一番重要なことはまず相手を思いやる。相手を大切にする――その心ではなかろうか。

ところが、性暴力ＤＶＤやエロネット世界での愛は、その「心」の部分がほとんど欠落し、いきなり欲望のみの性器愛に入る。しかも私が知る範囲では、多くの場合、一方的な暴力的性器愛が、最初から最後まで貫徹している。よくもまあ、そんな「愛」のないステレオタイプ（型にはまったもの）しか思いつかないものだと呆れてしまうくらいだ。レズ（女性同性愛）などの画像は比較的穏やかのようだが、その際ですら、男性の気に入りそうな攻撃型（？）レズタイプが目立つようだ。

ところで暴力性器愛の非人間性をとっくに見抜いている若い人、特に暴力愛の受身としての若い女性は結構多いのではなかろうか。彼女たちが温かな「愛」を心に描いていたとしても、現実にはこんなものしかない、この方式から外れて世の中の恋愛は成立しないのだと、繰り返し繰り返し情報が与えられれば、どうなるだろうか。そのほかの情報が皆無に近かった場合、そのような性愛しかないのではないかと、いつしか結論してしまうのではなかろうか。あるいは忌避して別の人生を送ろうとするのではなかろうか。

現代の社会問題である非婚少子化の大きな原因として、今述べた暴力性愛のすさまじさも糾弾されなくてはならないと私は確信する。さらに考えれば、その暴力性愛のスタンダード化は、もしかすると、私たちが生きているこの世界の美しさを限りなく曇らせて、女性を、あるいは心ある男性を愛情の世界から締め出しているのではなかろうか。

私は市議在任中、何回かＤＶの訴えや、離婚問題への相談を直接受けた。そこにも根底に男性の一方的な暴力的性愛があったようだ。

別の観点からもう一つ述べたい。それは残念ながら自分も含めた世のオヤジ族の半面の好色と、もう半面の生き甲斐の希薄さのことである。長期間にわたって苦労を重ね、家族を守り、人生の年輪を重ねた結果が、どうしてJKやデリヘルサービスなどとしか帰結しないのだろうか。あまりにも哀しすぎはしないか。自分自身の反省も含めながら、考えてゆきたい。

最後にもう一人女性に登場していただこう。

かつての参議院議員であり、フェミニストの田嶋陽子さんは私と同年だが、著書『愛という名の支配』（太郎次郎社刊）の中で様々な鋭い指摘をされている。一点だけご紹介しよう。

《女の人にとって、セックスは「好きな相手と、愛を交換し合うもの」という発想ですが、男の人の場合は、「力を試すもの、相手を征服するもの、征服してしまえば相手はこっちのもの。自分が組みしける相手と言うこと」になります》

と田嶋さんは書いている。

前半の女の人の発想「セックスは好きな相手と、愛を交換し合うもの」に接して、「やっぱりそうなんだ」という気がした。確かに、もっと他の発想、たとえば「セックスは性欲の満足そのもののためにある」というような男っぽい感性を持つ女性もおられることだろう。しかし、私の知る限りだが、女性の多くは、セックスでは性交そのものに至る過程での「ゆるやかな愛の時間」というものをとても大切にされるようだ。ところが、男性のセックスは「とにかく勃起して、一発射精して、ワンコース終了」といった感じではないか。男性女性間の満足度の微妙な違いが、長い夫婦生活の中でも、人間関係の基本的なずれと帰結してはいないだろうか。

そのことが田嶋さんの言葉では、後半の「男の人の場合は『力を示すもの、相手を征服するもの』へとつながっている」ということになる。この「征服・支配」という言葉には、かなり問題がある。まず田嶋さんの著書のタイトルが、『愛という名の支配』である。その裏の意味としては、歴史的に女性を家庭で主婦、母親として、家事、育児あるいは介護といった仕事に専念させてきたことがまずありそうだ。その結果、外で働くとか社会活動に参加できなかったことから、その女性たちの欲求不満、不平等への怒りが「愛という名の支配」という表現にもなったのだろう。

私はこのタイトルを目にした時、確かにその面は大きいが、やはり真の「愛情」の面もあるわけだし、それを「支配」と断定することには、少々の違和感を抱かざるを得なかった。しかし、現代、この性暴力DVDやエロネットの全盛社会を直視する時、これはもはや「愛という名の支配」に違いない。と私も確信を深めて来た。いや、愛のかけらもないかもしれない。相手の女性を少しでも愛《いと》おしむ、大切にする心があれば、あのような暴力的なセックス時の仕打ちは出来ないはずだ。そこにあるものはまさしく「愛という名の支配」というより、「セックスという名の支配」ではないか。

では、私たちはいったいどうしたら良いのか。四十年前に「新しい愛に新しい性を（第三章）」と私が書いた時、「新しい愛」の内容とは何だったのか。当時の私の表現では「新しい愛とは、ぼくのイメージでは、一、ふたりで作り上げるもの。二、両性の平等、つまり女性解放の視点に立つもの」だった。大きく考えて、その方向性は現代にも当てはまると思う。

しかし、言葉を選び、願わくば多くの方々の心に届く表現に近づけたい。すなわち、本書のサブタイトルとさせていただいた「磨き合ってこそ愛」短縮形で表せば、「磨き愛」という発想はいかがだろうか。男性も女性もそれぞれの相手を大切にしてこそ「愛」である。その相手の女性にその相手の男性に、人間としての光を生涯にわたって放ち続けてくれるように、成長してもらうことである。男女とも世界人として一度しかない人生の舞台の中で、自然の仲間たちと協力しながら、共生の大地を一歩一歩踏みしめて行く人間群像の一人でありたいものだ。

「愛」が破たんするのは、「愛」が静止して動かないからです。「愛」がちぢこまって大きくなろうとしない時、「愛」は「愛」でなくなるでしょう。友愛も恋愛も夫婦愛、親子愛、国境を超える人間愛も、すべてに言えることではないでしょうか。愛し合うことは相手の成長を、自分の成長として歓ぶことと同じ意味です。愛し合うことは、お互いを磨き合うことと同じ意味です。磨き合ってこそ、愛が生まれ、成長し、永遠《とわ》の光を放つのです。

あとがき

三十数年前、突然妻が倒れ脳腫瘍の宣告を受けてから、清水一家（息子二人と妻と私）の人生が変わった（当時、京都府亀岡市在住）。

妻の懸命の自宅闘病生活には息子たちも参加。他界後「男三人丸」の航海が続き、彼らは大学へ。やがて私は帰郷（長崎県島原市）し、老母の介護と病弱な姉たちの世話。母の他界後（その間、兄と姉の一人が他界）は姉の世話。

この間、私はケア生活と両立させるべく、金欠病にあえぎながら学習塾講師、各種アルバイトを重ね直近八年間は島原市議。この一年（福岡県久留米市へ転居）は日本語教師養成専門学校で受講。修了証書を手にした今、東南アジア移住を目指すが姉の世話などもあり人生調整中。

目下腰痛などの体力低下と、二十代的精神年齢とのアンバランスが身上。筑後川土手に寝そべり、野辺の小さな花を愛で白雲に心を遊ばせる時が至福。生来の不器用さもあり効率的生活は大の苦手。フェミニズム・護憲・脱原発は生涯の道標。

以上のような私の人生小史を総括したものが本書のつもりです。

✻

お蔭さまで二冊目の書が刊行できそうです。一冊目（元就出版社『出発』）は東京都清掃局作業員時代の体験が素材のフィクション（小説）でした。今回はすべてノンフィクション（事実）で、多くの部分を島原市議時代の「わたしの市政だより」から引用してあります。

サブタイトルの「磨き合ってこそ愛（磨き愛）」は、直接的には第四章のセックスメディア批判に用いいましたが、結局子育てにも、親の介護にも当てはまることのようです。すなわち、本書の全体を通しての結論とも言えそうです。

私自身にも反省が必要です。M姉を若い頃から東大病などと批判し続けた自分も、その病に侵されていたのではなかったか。彼女と対する時、本書の「磨き愛」の最も身近な対象として真剣に心を砕いてきたか。七十四歳の今、その心境に至っております。

本書が誕生できたのは、とりわけ島原市民の皆様のお蔭です。看板ゼロ、選挙カーゼロ（自転車のみ）、白黒十円コピーのポスター使用、地元利益誘導ゼロ、後期は政務活動費返上。このような偏屈人間をよくぞ二期まで当選させて下さいました。ご近所、同窓生など全くのボランティアで選挙運動を支えて下さった、街角で私の自転車を引きとめては一声かけて下さった、島原市民の皆様を誇りに思いつつ改めて深謝申し上げます。本書が引用した「月刊凡々」（わたしの市政だより）は九四号まで数えました。毎月校正、三千部の発送処理には、八年間のべ七百余名の地域の方々のお世話になりました。

昨春三期目立候補を辞退し、三十年のケア生活後の夢を東南アジア（発展途上国）での現地生活に賭けたいと望みました、今、短期研修（日本語教育＋実態調査）ツアーでベトナムに来ております。ツアー主催者の婦人民主団体は二十年前からベトナム戦争で犠牲になった（枯葉剤ダイオキシン禍など＝ベトちゃんドクちゃんで有名）子供たちへの支援を続け、現地駐在員も置いておられます。

ツアーに参加し、戦後四十年を経て残る深い傷跡と貧しさに驚くとともに、子供たちのキラキラ輝く瞳に感動しました。現代は国の内外を問わず、難問が山積する時代のようです。しかし、だからこそ、一歩踏み込めば、感動や人生の生き甲斐とも遭遇できる時代とも言えるかもしれません。

二〇一六年三月二九日

ベトナム・ハノイにて　清水　宏

【著者プロフィール】

清水　宏（しみず・ひろし）

1941年生まれ。北海道大学卒業後、東京都清掃作業員、
私立中学教師（東京）、
高校生学習塾経営（滋賀）などに携わる。
1996年、故郷の長崎県島原に戻り、学習塾講師。
長崎県男女共同参画審議会委員などを経て、
2007年より島原市議会議員を2期務めた。
著書『出発』（元就出版社）

妻に先立たれた男の、子育て・母の介護

二〇一六年七月一五日　第一刷

著　者　清水《しみず》　宏《ひろし》

発行人　浜　正史

発行所　元《げん》就《しゅう》出版社

東京都豊島区南池袋四―二〇―九
サンロードビル2F・B
電話　〇三―三九八六―七七三六
FAX　〇三―三九八七―二五八〇
振替　〇〇一二〇―三―三一〇七八

装幀　クリエイティブ・コンセプト

印刷　中央精版印刷

ISBN978-4-86106-247-6 C0077

清水宏　著

出　発

真理、理想などは人智や学窓では得られない。
肉体と魂を酷使し、命をも恐れずに突き進んだ先に光明を見る。
本書は自己の再生を求めて彷徨《さまよ》った渾身の自叙伝。

■定価　一五〇〇円＋税

嵩《たか》野《の》真《ま》弓《ゆみ》　著

青春の期節　―下町に捨てた夢　拾った夢―

昭和四〇年代の東京浅草。自分探しを始めた男の放浪記。
激烈な恋愛の末、二度の自殺を図って得た男女の関係とは……。

■定価　一五〇〇円＋税

萱堂光徳《かやどうみつのり》 著

青春 海の青

東京と山陰の田舎町を舞台に息吹く若者達の血潮。
政治の季節と高度成長に翻弄される20歳の群像。あの昭和、あの青春が今、甦る。

■定価 一五〇〇円＋税